W0209785

‹ SÉRIE QR ›

Nº 166

DE LA MÊME AUTRICE

Mavis Gallant et Gabrielle Roy, journalistes, Codicille, 2016

JARDIN RADIO

L'AUTRICE REMERCIE LE CONSEIL DES ARTS
DU CANADA DE SON SOUTIEN.

—

Le Quartanier remercie de leur soutien financier
le Conseil des arts du Canada (CAC)
et la Société de développement des entreprises
culturelles du Québec (SODEC).

Gouvernement du Québec – Programme de crédit d'impôt
pour l'édition de livres – Gestion SODEC.

Le Quartanier reconnaît l'aide financière
du gouvernement du Canada.

Canadä

—

Diffusion au Canada : Dimedia
Diffusion en Europe : Harmonia Mundi Livre

—

© Le Quartanier et Charlotte Biron, 2022

Dépôt légal, 2022
Bibliothèque et Archives nationales du Québec
Bibliothèque et Archives Canada

ISBN 978-2-89698-582-1

CHARLOTTE BIRON

JARDIN RADIO

LE QUARTANIER

Le Quartanier Éditeur
C.P. 47550, CSP Plateau Mont-Royal
Montréal (Québec) H2H 2S8
www.lequartanier.com

À Caroline

La voix nous permet de disparaître comme elle donne une présence. Ses défauts m'appartiennent, sa texture aussi. À peine l'identité affleure-t-elle qu'en son timbre déjà le silence revient et replonge l'espace dans un noir tranquille. La fin d'une phrase laisse place au souffle du vent, au rythme grésillant de la radio, au son du réfrigérateur, au crachotement de la cafetière, au bruit du téléphone qui sonne.

Je suis dans mon ancienne chambre chez ma mère. Il y a des années que je n'habite plus ici, mais je suis là assise près du lit, triturant des souvenirs pendant une autre convalescence. Je suis une adulte maintenant, mais je ne suis pas venue ici par mes propres moyens. On m'a aidée, on m'a emmenée après l'hôpital, on ne m'a pas laissé rentrer toute seule. Je suis par terre et je fouille dans le garde-robe, les mains au fond d'une boîte de carton où se trouvent un walkman jaune et une cassette sur laquelle il est écrit *Les reptiles* avec des étoiles et des cœurs.

Quand j'appuie sur play, je découvre ma voix miniature, encore intacte et parfaite, ma voix en cinquième année qui parle de lézards, ma voix qui résonne pour la première fois dans un microphone. Mon sourire symétrique d'enfant de dix ans reprend vie. Mon rire crépite, éternel dans l'enregistreuse, à parler de serpents, de couleuvres et de caméléons. La cassette me rappelle que ma voix existe sans moi, qu'elle est vivante dans une boîte de carton, qu'elle existe depuis longtemps, qu'elle existe sans ma peau, sans mes organes, sans mes os. La chose qui m'a enregistrée à dix ans ne me connaît pas, ne m'a pas vue. Ma voix existe sans mon corps, sur cette cassette, seulement ma voix. Je fais stop. Je rembobine. Le temps recule, les dragons de Komodo sont les plus gros lézards au monde.

Le grain de la voix sur la cassette a du relief, il est d'une telle évidence que mon corps s'atrophie sous moi, par contraste. Sur le plancher froid, mes cuisses et mes mollets deviennent les jambes maigres et cassantes d'un pantin de bois fatigué. L'émission de radio sur les reptiles dure trente minutes, à la fin desquelles je dépose le walkman, j'expire et je me lève péniblement. Devant le miroir, j'essaie d'articuler la liste des voyelles en détachant les sons, en forçant l'ouverture de ma mâchoire, en fixant le mouvement de mes lèvres, mais je n'y parviens pas. Le miroir reflète mon visage enflé. Mon menton et ma gorge sont bleus et jaunes. Il est difficile de me reconnaître. Sur la peau de mon cou, il reste du sang. Je prends la photo du jour. Je note la date et l'heure, j'avale le comprimé de morphine et j'inscris mon niveau de douleur sur dix.

Pendant longtemps, je rêve de faire les choses à rebours, de ne pas répondre au téléphone, de dire que je change d'idée, que non, je ne veux plus qu'on m'enlève un morceau de mâchoire, même s'il est l'hôte d'une tumeur, que je le garde, l'os et la tumeur à l'intérieur. J'imagine refuser qu'on me découpe dans un environnement stérile, mettre fin aux interruptions téléphoniques qui surgissent comme des décharges, ignorer les obligations médicales. Et, tout à coup, les heures d'hôpital disparaissent. Le refus efface les opérations, les rendez-vous, les mois de douleur, les cicatrices et les nerfs meurtris. Il suffit donc d'éteindre le téléphone pour renverser le temps, pour que le corps bascule à l'horizontale devant cet arrière-plan grisâtre où la peau exhale doucement l'odeur de la mort. Une odeur de sang, une odeur d'os craqué, une odeur sans médicaments.

Oui, calmement. C'est ce que je souhaite. Que les mois de douleur s'évanouissent, qu'ils sombrent dans l'oubli, qu'ils s'éclipsent derrière un arbre au pied duquel je me love pour laisser la tumeur m'ouvrir et me défaire. Voilà ce que je ne raconte à personne, voilà les images que je vois la nuit et que je me garde de confier à ma mère, à mon frère, à mes amies de peur de transmettre mes cauchemars, de peupler la tête des autres avec ces os, avec ce sang, avec ce calme des animaux résignés qui se profilent au plafond, la nuit, de ces renards sur le bord de la route qui prennent la fuite et se cachent pour panser leurs blessures dans les nids de racines.

L'image d'un animal qui meurt assaille ma pensée. Elle tache mon champ de vision, me rappelle en arrière. Du repos. De la tranquillité. Je rêve d'un espace mortifère où les jours passent avec évidence, avec résignation, et cette résignation m'attire comme le sommeil attire le corps épuisé.

De l'ennui et de l'attente émerge cette envie de

reprendre du début, de ne pas aller à l'hôpital, de sortir de la ville. Laisser la tumeur détruire la mâchoire, le visage, le corps. Échapper à la torpeur docile de la maladie. Revenir en arrière pour permettre au temps de ravager la chair sans qu'on s'en émeuve. Que le déroulement des jours ruine le corps. Qu'il force un retranchement.

La nuit, je vois un renard au corps malade, filamenteux, près d'une souche creuse où il peut s'enrouler, s'endormir, se décomposer. Ses mouvements s'abandonnent, fluides, son corps lutte à peine contre la douleur. Ses membres s'assouplissent et se replient sous lui. Bientôt, il ne ressent presque plus rien, le temps s'accélère, le jour et la nuit alternent aussi rapidement que les battements de son cœur. Une autre durée prend possession de lui. Sa mâchoire sanglante coule, ses dents fracassées roulent une à une mollement vers le sol. La peau de son cou s'échancre et se recouvre de vers et de mouches. De minuscules végétaux grimpent sur sa petite dépouille et brouillent les limites entre son corps et la terre. De la mousse borde ses plaies. Un drap vert estompe lentement ses blessures.

Les antidouleurs me donnent la nausée, ils m'empêchent de lire et de travailler, alors j'écoute la radio. Entre mes livres fermés et mon ordinateur éteint, je ne laisse presque jamais le silence noyer la pièce. Non, j'écoute des voix à la radio, des voix en direct sur les ondes, des voix dans des podcasts, des voix d'archives radiophoniques. Les voix remplissent l'air chaque jour de leurs particularités lointaines.

Un soir, je suis allongée et j'écoute Susan Sontag parler de la maladie. Elle dit que c'est banal, l'expérience de la maladie. Elle explique qu'elle ne parle pas d'elle dans son livre, qu'elle n'a pas voulu entreprendre un récit personnel, mais qu'elle est fascinée par le discours sur la maladie, par les mythes et les images créés autour de la maladie, surtout autour du cancer, comme autrefois on le faisait pour la tuberculose. Elle veut s'attaquer aux *fantaisies autoculpabilisantes*, à l'idée *qu'on produit sa propre maladie, que c'est psychologique. Tant de malades et tant de médecins, aussi, bien entendu, sont là, ignorants et prisonniers de ces mythes. Beaucoup de gens découvrent leur diagnostic, et pensent qu'ils ont des torts à se reprocher.*

Sontag dit qu'elle cherche à déconstruire les récits poison sur la maladie. Je l'écoute et je voudrais savoir pourquoi elle ne dit rien sur ce qui lui est arrivé. Pourquoi autant de distance avec elle-même? Pourquoi refuser de parler d'elle? Je l'écoute et j'attends. J'attends de savoir ce qui lui est arrivé. Je veux savoir ce qui lui est arrivé. Sa voix est calme, tellement calme, pendant que je me mords les joues à espérer qu'elle nous dise ce qui lui est arrivé. Où était-elle quand elle a su qu'elle avait une tumeur?

Je voudrais lui demander si elle se trouvait à son bureau, anxieuse, sachant qu'un coup de téléphone approchait. Je voudrais connaître le lieu précis. Est-ce qu'elle était assise dans une pièce, petite, étouffante, devant une table en bois? Est-ce que c'était l'été? Est-ce que c'était la fin de l'été, le mois d'août avec ses couleurs de roses violacés, avec ses couleurs de cœurs brisés.

Ce devait être un bureau avec une fenêtre ancienne, entourée d'un vieux cadre en chêne. Une fenêtre qui laisse passer l'air froid l'hiver, mais qu'on trouve belle quand finit l'été. Une fenêtre où l'on peut voir les montagnes s'aplanir derrière les immeubles, derrière le monde qui s'agite. Oui, ce devait être la fin du mois d'août quand le vent est tiède, mais le temps traître.

Quelle forme avait cet espace horrible que le calme de la voix de Susan Sontag ignore? Je voudrais retrouver la voix de Sontag quand elle était prise au piège, enfermée dans cet espace où elle ne pouvait plus écrire, dans ce lieu grisâtre qu'elle aurait pu ne jamais quitter.

Je voudrais savoir si ça commence comme ça pour tout le monde. Par un coup de téléphone sous le ciel rose, venteux et tiède du mois d'août. Il y a sûrement quelqu'un quelque part qui a conservé le bruit de la petite pièce, le bruit du bureau à la fin du mois d'août, l'attente qui donne le vertige, le téléphone qui ne sonne pas encore, le vent d'été qui s'enroule sur les passants dehors, comme la pelure d'une pêche, le mouvement crispé des doigts, le dos voûté au-dessus du cellulaire.

Au moment où le téléphone sonne, une série de gestes se mettent en tension, des gestes anticipés. Attraper un crayon, retenir son souffle, serrer les doigts, laisser l'angoisse qui faisait grincer la gorge de son archet descendre dans le reste du corps puis s'élancer, légitime et grande, jusqu'à suinter sur la peau. Les événements peuvent se déployer à partir de là.

Ça commence quand le médecin dit le nom de la tumeur, le spécialiste à consulter, les enjeux, les risques. L'information s'étale trop vite. Il y a une liste de choses à retenir. Il faudrait du temps supplémentaire. Il faudrait insérer une journée entre le coup de téléphone et la liste d'informations à absorber. Il faut écouter, oui, il faut noter, pendant qu'à l'autre bout de la ligne, l'homme parle de la tumeur en articulant bien et lentement. Il faut retenir le nom, le mot, il faut retenir le mot, ce sera déjà un début. Le nom de la tumeur sur internet clignote très rapidement, sans même qu'on ait remarqué l'avoir inscrit dans un moteur de recherche. Des images apparaissent aussitôt sur l'écran, des photographies de personnes dans des pays où les soins de santé sont difficiles d'accès. Leur visage est rongé par la tumeur, elle a transpercé leur peau et elle expose leurs muqueuses et leurs dents par des orifices sanglants qui s'élargissent près de leur bouche. Au bout de la ligne, l'homme dit *bonne chance, bon courage.* Le téléphone reste là, mais il n'y a plus personne. Les informations notées agissent comme des trous de plusieurs centaines de mètres sur le bureau. Dehors, une formation d'oiseaux remue le paysage.

Ann Kroeber dit qu'il faut prendre le vent à travers quelque chose pour lui donner une voix. À travers des tuyaux métalliques, à travers des tunnels, à travers des feuilles, à travers des cages d'escalier et des granges. Elle dit qu'il y a *des vents fantomatiques, des vents gémissants, des vents amers, des vents de tempête hurlants, des vents violents, des vents modérés, des vents calmes, profonds.* Elle possède une magnifique collection d'enregistrements du vent. Elle est là, on la voit, au milieu du désert, dans une tente avec des micros en train d'écouter l'air extérieur qui fait battre la toile tendue autour d'elle.

En réalité, ce ne serait pas long, montrer la biopsie, montrer les résultats, les scans, les mois de convalescence, la quantité de morphine et de fentanyl, mais c'est autre chose qui reste. C'est une rupture dans les pulsations que forment les années. Les pieds ne touchent plus au sol, la terre nous remplit l'œsophage, des feuilles mortes datent les cicatrices qui recouvrent la peau, leurs nervures brunes se mêlent à la racine des cheveux. Dans l'espace sonore de la tête, il y a une extension du fil de la pensée qui se révèle, tout à coup, élastique séché. Tendre les jours, les semaines, les mois pour organiser ce qui arrive en reprenant les coupures, les convalescences et les pertes dans une séquence dramaturgique cohérente ne sert à rien. À force de fixer l'histoire trop longtemps, la matière s'effrite, l'élastique se brise.

Au début, je m'efforce de retrouver mes carnets, j'essaie d'être fidèle au déroulement de la maladie, je tente de recréer de petites fictions sur le ruban du temps, je le dévide, méticuleuse, mais les événements les ravalent, les événements n'en ont rien à faire des petites fictions. Ils arrivent, ils anéantissent les plans, l'espoir, le calendrier et il n'y a aucun sens précis à en tirer. Comme le vent dans les microphones d'Ann Kroeber, la maladie sature et remplit l'espace si elle ne passe pas à travers une caisse de résonance, si on ne la saisit pas à travers un autre matériau. Impossible de la décrire entière et isolée. C'est quand la maladie se prend dans nos corps qu'on la perçoit, qu'on la comprend, qu'on peut l'entendre.

*

Un matin dans la ville, je m'assois devant l'installation radiophonique de Martín Rodríguez. *La Ofrenda.* C'est une œuvre difficile à décrire. Ce n'est pas seulement un autel pour le jour des Morts. Au centre de l'installation, une guitare électrique est entourée de fleurs orange, de fausses bougies en plastique, de petites télévisions, de figurines, de vieilles radios, de portraits de famille de l'artiste. En mettant un des casques d'écoute, on peut percevoir des bruits, des sons recréés à partir de micros placés sur la guitare. L'IRM de la tumeur de l'artiste scintille de façon intermittente sur les écrans. Martín Rodríguez dit que l'image s'active *quand les guitares commencent à chanter, quand les esprits arrivent dans l'installation.* Il ajoute qu'il était musicien avant d'être artiste radio, que son opération l'a laissé en partie paralysé.

L'installation est placée derrière une vitrine, elle est séparée du monde du dehors. Les fleurs, les bougies de plastique, l'autel sont des offrandes hors d'atteinte. L'image de l'IRM invite les morts à hanter l'espace et les centres d'artistes autour. Des fantômes qui parlent espagnol et anglais traversent sans gêne la séparation translucide. Moi aussi, je possède une image de ma tumeur. C'est mon téléphone qui contient la photographie du scan. Ma tumeur m'attend dans ma main, elle pourrait se hisser auprès de la tumeur de Martín Rodríguez, elle pourrait même s'afficher sur internet avec d'autres tumeurs. Elle pourrait être exposée, oui, le trou noir au milieu de l'os avec ses vis et ses os et sa plaque de titane. Même une fois disparue, elle resterait dans l'image en creux, après l'extraction, après la reconstruction. Elle dévoilerait l'intérieur de mon corps auprès d'autres intérieurs de corps sur des fonds noirs. Que les scans deviennent des images hurlantes, criardes, presque violentes, me rassure. Leur contraste radioactif convoque enfin une représentation vive, crue, aggravante. Les os, magnifiques sans leurs peaux, et les plaques de titane qui me tiennent peuvent briller comme les pièces étincelantes d'une voiture neuve qui se fracasse sur une route au soleil.

Derrière la vitrine, une femme arrive. Elle porte une robe de chambre et s'assoit près de l'installation de Martín Rodríguez. Elle observe les gens qui circulent dans la rue, mais elle sent le temps s'évaporer sur sa peau. Les passants ne la remarquent pas. Ils sont occupés. Ils s'activent, eux, ils se remplissent et se vident les poches, ils se dévisagent, ils s'embrassent, ils se toisent, ils se séduisent jusqu'à se sucer les doigts, jusqu'à se tirer les cheveux, jusqu'à s'arracher des bouts de cœur. La femme renonce à les interpeller, même si elle s'inquiète pour eux. Ils marchent de plus en plus vite, ils se dévorent les entrailles en s'affamant, en travaillant trop tard le soir, en rêvant de voyages en avion ratés, en mangeant par poignées du pain acheté à la boulangerie, en jouant à la loterie, en accouchant d'un deuxième bébé, jusqu'à se perdre dans le décompte des jours. Ils ne voient ni la femme ni le temps passer.

Derrière la vitrine, la femme penche la tête sur son épaule couverte du tissu en ratine. Elle somnole et les morts papotent entre eux. Ils ne s'intéressent pas du tout aux passants qui circulent sur le trottoir, et la femme en robe de chambre se dit qu'elle aussi va renoncer à leur parler très bientôt, elle va se désintéresser de leur va-et-vient. Elle se blottit contre l'image de la tumeur, elle écoute les morts et les sons qui proviennent de la radio.

Ce serait un projet littéraire sous la forme de fragments, c'est ce que j'explique à voix basse à une amie dans un local beige. Je lui dis de façon détachée que je vais parler de mes opérations, des opérations qui auraient pu m'empêcher de parler, qui ont affecté ma capacité de parler. J'arrête au milieu de ma phrase, parce que je n'y crois plus, je lui dis que j'ai un rendez-vous, je sors du local, j'étouffe, je m'en vais, je veux courir, j'accélère, je ralentis, j'erre dans la ville, je marche longtemps, je marche pendant des jours, je croise un visage que je connais, alors je reprends, je raconte l'histoire en altérant le son de ma voix, j'enlève les accents de pathos et de tristesse. Je dépose sur le trottoir des phrases calmes, étrangères aux pulsations dans mon cou. La syntaxe et les mots ne doivent ni hurler ni geindre. J'essaie de me rapprocher des faits, d'effacer les émotions, de ne pas bégayer en parlant de la douleur. Je reprends du début, je parle de la maladie en passant sur les événements comme une araignée d'eau, une patineuse sur un lac qui glisse au-dessus des années en regardant le moins possible vers le fond brunâtre.

Non, ce n'est pas l'histoire d'une tumeur. C'est à propos d'autre chose. C'est à propos de la trame qui joue au verso des jours. En cognant sur la coquille des années, on fait résonner le vide. Toc, toc, toc, on entre, et c'est écho, il n'y a presque rien. L'intérieur n'est occupé que par des formes qui se décomposent. Quelques voix s'enfuient, apeurées, comme des rongeurs surpris. Ce ne sont pas des gens, ce sont des voix à la radio. En coulisse, la femme en robe de chambre est toujours là, mais elle s'agenouille, elle s'enroule sur elle-même, puis s'agrandit. Elle ressemble peu à peu à un mausolée. Elle parle d'une blessure en elle, d'une blessure qui a l'aspect du granit souillé. La femme connaît les pores des minerais qui l'alourdissent, qui la révèlent. Elle perçoit des voix. Ce sont d'autres femmes qui résonnent en elle et qui contiennent des sépultures. Elles parlent aussi des pierres dans leur corps.

Au même moment, quelque chose disparaît. L'architecture de l'autre vie, celle que l'on avait construite avant la maladie, en toute confiance, devient vétuste, elle se désagrège. Cette vie-là laisse des traces. Une colère sourde. Une jalousie sans fond. À l'horizon, il reste les lignes tremblantes de fils électriques, des visages muets et le dessin de paysages inhospitaliers, inaccessibles. Au creux des montagnes, des lacs en miroir reflètent une rage verdâtre.

La femme avance vers les gradins. Elle se tient au centre de la scène face aux sièges. Elle a vu ce lieu tellement souvent. Elle a reçu son diplôme d'études secondaires ici. Elle a chanté et joué de la guitare dans un spectacle de fin d'année. Elle a demandé le numéro de téléphone de celui qui deviendrait son premier amoureux au même endroit. Elle a mis des jeans, des boucles d'oreille, du mascara sans savoir que ça ne comptait pas, que les bijoux et le maquillage ne changeaient rien. Elle a glissé sur ce corps agile pendant des nuits en dansant, en embrassant, en riant. Elle attend encore en robe de chambre que quelqu'un remarque ses gestes maladroits, qu'on l'applaudisse de se présenter ainsi. Mais on a rangé les chaises pliantes sur le côté de la salle. Une première heure s'écoule. Puis une autre. La poussière se dépose lentement sur ses yeux, sur ses cheveux, sur le tissu en ratine qui l'enveloppe. Elle comprend que personne ne viendra. Elle comprend que plus personne ne la regarde. Ce n'est pas à propos de la tumeur. Non. C'est à propos de la solitude et de ce qui s'effondre sans public.

*

Je prends des notes dans un journal. J'écris au crayon à mine que je veux embrasser quelqu'un avant la première opération. En traçant la phrase, en la voyant apparaître, je n'y tiens plus. Les mots creusent une idée pénible, gênante, comme si j'avouais un secret honteux. Je relis ce que j'ai noté à voix haute quelques jours plus tard et la confession semble risible, même un peu grotesque à côté du reste. Parce qu'un baiser ne changera rien? Non. C'est autre chose. Déjà, il y a une distance entre la phrase et moi. C'est une plainte qui appartient à quelqu'un d'autre, à quelqu'un qui a une bouche élastique, à quelqu'un qui peut rêver de baisers comme dans les films et je devine que ce n'est plus tout à fait de moi qu'il s'agit.

Dehors, près du boulevard, une affiche représente sur plusieurs mètres le visage d'une animatrice radio que j'aime, et pourtant je n'ai pas besoin de la voir. Je voudrais faire disparaître l'affiche. Je voudrais que les voix existent sans les corps, mais c'est un vœu pieux, une idée impossible. On écoute la radio et on se représente tout de suite le corps de la personne qui parle. On fabrique instantanément un sourire, un visage, un regard sans même y réfléchir. On ne se contente pas des voix. Un homme entend Fanny Britt à la radio, et il l'imagine belle, il n'entend pas uniquement sa voix, il crée un fantasme de cheveux et de peau. Il pense à Marilyn Monroe. Au salon du livre, il dit à Fanny Britt avec un aplomb indéniable que sa voix ne correspond pas à son corps, qu'avec sa voix, *il s'attendait à rencontrer une femme fatale, mais que, finalement non, non vraiment pas.*

Les femmes, au fond, ne sont peut-être jamais aussi belles qu'au téléphone ou à la radio. Elles ne seront peut-être jamais aussi séduisantes que lorsqu'elles n'existent pas. Je pourrais élire domicile dans cet interstice, enregistrer ma voix pendant des heures pour devenir un être de radio, une femme cassette, une femme hertzienne, une femme que l'on connaît seulement dans la distance du grésillement des fréquences. À l'état de fantasme, je n'aurais plus d'oreilles pour qu'on me dise des énormités dans les salons du livre. Ma voix n'aurait jamais plus de comptes à rendre au corps.

*

Quelle est la quantité de mémoire nécessaire pour retenir les termes de la maladie? Les noms officiels ne trouvent pas leur place dans mon système ankylosé. En d'autres temps, d'autres lieux, la curiosité aurait pu les inscrire, les conserver, les classer. Un objectif, un but, une finalité distincte. La mémoire des mots et des concepts n'est pas faite de la même matière que celle de la peur et de l'amour. Moi aussi, je suis capable d'utiliser des termes techniques, moi aussi, j'étudie, je vais à l'université, je commence mon doctorat trois jours après les résultats de la biopsie, et je m'y rends de façon méticuleuse, précautionneuse, attentive, obstinée, épuisée, préparée, la tête débordant de termes techniques médicaux trop près de moi. Les cours se déroulent comme si je les avais déjà vécus, je ne retiens pas ce qui se passe ou plutôt je constate ce que je savais déjà. C'est-à-dire que la littérature ne sert à rien. Qu'elle est impuissante, qu'aucune fiction n'a le pouvoir de réarranger le réel. Pour ne pas éclater, je me tais, je parle d'autre chose, je ne dis pas un mot contre la littérature. Je me conjure de garder mon calme, de ne pas m'en prendre aux professeurs qui nous encouragent à nous enfoncer un peu plus loin dans les textes. Qu'est-ce que je fais à mettre les pieds ici depuis tant d'années? Je ne proteste pas, mais les livres me repoussent, ils ne me disent rien sur la maladie, ils ne peuvent prédire quoi que ce soit. Chaque jour, je regarde avec plus de frustration les métaphores qui retouchent la vie, qui dissimulent les défauts, qui donnent à nos douleurs des allures trop lisses.

Les professeurs s'impatientent de plus en plus devant mon regard absent et je cherche le jour. Quelle est la date? Avant les opérations, avant que tout commence, mon corps englué disparaît déjà de la scène. Les dernières semaines d'été s'écoulent.

Je sors de la classe, je marche à côté de moi et cette dissociation me donne l'air indifférente.

J'essaie d'acheter trois cahiers Canada, deux stylos et un cartable bleu marin pour transcrire et conserver des notes de cours sur des pages lignées. Derrière la fenêtre du magasin, on peut voir l'automne jaunir le campus. La caissière répète le prix des objets que j'abandonne sur son comptoir sans un mot. Je sors d'un séminaire, je n'ai rien noté, je ne vais pas acheter de cahiers Canada. Sur le seuil de la boutique, je regarde le hall du pavillon avec un sentiment d'étrangeté, j'ai l'impression que l'université n'existe pas, qu'elle est représentée par un écran, par une toile de cinéma. Un projecteur fait défiler les étudiants, les professeurs, avec leurs sacs d'école et leur élan joyeux. Je rétrécis, je deviens une spectatrice amaigrie, je laisse mon corps choir sur un banc, le long du mur à l'entrée du pavillon. Je ferme les yeux pour mieux sentir la salle plongée dans le noir et le velours du strapontin. La lumière du projecteur et les couleurs des visages passent sur moi avec leurs teintes de film délavé, abîmé par le refrain des saisons à l'université.

La première chronique que je prépare pour la radio étudiante porte sur la projection du court-métrage *Prends-moi* d'Anaïs Barbeau-Lavalette et André Turpin au festival de cinéma. C'est une fiction de dix minutes qui raconte l'histoire de deux personnes avec des handicaps qui font l'amour et, dès les premières secondes, je pense à la possibilité d'être paralysée et défigurée après les chirurgies. À la fin des dix minutes, je veux m'en aller, mais le directeur du festival de cinéma monte sur scène pour l'entretien avec la comédienne qui incarne l'un des deux personnages. La comédienne Maxime D.-Pomerleau est aussi danseuse et artiste. Elle aborde son parcours et la représentation des corps dans la sphère publique, mais je ne l'entends pas, je perçois seulement ma respiration étouffée. Un bourdonnement assourdit mon espace mental. Je suis captivée par le corps de la comédienne, par sa présence solaire dans son fauteuil roulant, et par mes propres craintes. En sortant de la salle, je pense aux revues et aux documentaires qui parlent de la quête de beauté, de perfection, et du besoin de plaire des femmes parfaites torturées par la course au succès, et je pense à une autre peur, beaucoup plus profonde, beaucoup plus violente.

*

Déjà c'est novembre et la file de gens à l'arrêt de bus toussote, maussade. Quand l'autobus arrive, la ville s'assombrit encore un peu comme si le ciel descendait de quelques mètres sur nous. Le froid humide rentre partout, mais j'ai les joues en feu et mon sang cogne dans mes tympans. Ni mes doigts gelés ni l'air rembruni des inconnus ne me préoccupent. Je souris à deux passagers avant de sortir. Dehors, j'avance trop vite, je marche à toute allure, je glisse plus que j'avance, je flotte au-dessus du sol. Avec la nervosité, avec le trac, soudain, je ralentis. Une ligne, deux lignes, trois lignes de trottoir. Un mégot. Deux sacs de chips. Un condom déchiré. Je ralentis, même que je n'avance presque plus. Le bout de mes orteils remue au fond de mes chaussures. Je marche lentement, très lentement jusqu'à l'entrée du bar et je fixe la porte. Des gens fument tandis que j'entre sans nonchalance, sans calme aucun, en tremblant un peu. Je l'aperçois tout de suite, j'avance vers sa table, je m'assois près de lui, au milieu de ses amis.

Les autres ne voient pas nos genoux se toucher, ils ne sentent pas la texture de ses jeans contre mes jambes. La conversation m'échappe, mes oreilles se bouchent comme celles d'un plongeur descendu trop vite, trop profondément dans la mer. La petite phrase que j'ai notée dans mon carnet ressemble maintenant à une pièce de théâtre ratée. Je voulais embrasser quelqu'un. Je me lève pour interrompre le geste, pour rentrer chez moi, mais il est derrière, il me suit, comme si c'était une chanson ou un mauvais film qui ne veut pas s'arrêter. Je suis au centre de la scène, je suis debout devant la foule, tout le monde est sur le point d'applaudir. Pourtant, j'essaie de m'effacer. Le décor ne me concerne plus. C'est une impasse, je n'ai rien à faire ici, je me suis trompée.

Quand je me retourne, il m'embrasse, évidemment qu'il m'embrasse, qu'il me retient de tomber quand mes jambes lâchent de nervosité, quand je pense m'évanouir, évidemment qu'il me retient quand j'essaie de m'extraire de la scène, qu'il continue de m'embrasser. La musique du bar ne joue plus pour moi. Mon corps s'enfonce. Je voudrais rentrer. Les serveurs nous observent et nous contournent. Les gens ondulent comme des algues pendant que l'intensité du moment m'avale tout entière. Mais je me ressaisis, parce que c'est ce que je voulais, c'est ce que disait le carnet. Je vais faire un effort, je vais m'infliger chaque seconde du baiser pour le conserver, pour le retenir comme s'il fallait déjà regretter quelque chose, comme si les nostalgies à venir nous obligeaient à poser des gestes. Je fais un effort pendant qu'on s'embrasse. Je me concentre. Je porte attention aux détails. Je palpe sa tête entre mes mains, la peau de son cou, la longueur de ses cheveux, le col de son chandail. Je me concentre sur la texture de ses joues, de ses lèvres, de sa langue. Je pense aux nerfs dans ma bouche. Je peux sentir les nerfs dans ma bouche de façon aussi claire que les nervures de feuilles mortes qu'on émiette entre nos doigts. Mes lèvres dessinent des formes sur ses lèvres, ma langue déroule sa langue. Nos joues se gonflent, se serrent, s'étirent sur nos os. Je pense à ma bouche qui fonctionne, qui n'est pas paralysée. Aux muscles de mon visage, au sang, à ma salive sucrée, à ma langue refroidie par la bière, à mes dents, à mes gencives roses, à ma peau douce comme du cuir très souple, lisse comme celle d'une mangue mûre. Je respire sous l'eau en bougeant mes lèvres, ma bouche, ma langue avec mes nerfs. Je peux sentir ma mâchoire accomplir une série de mouvements précis. J'entends les bruits de muqueuses, de salive, les bribes de mots, les prénoms répétés au creux du cou, les respirations étouffées. Ça ressemble à s'y méprendre à une scène d'amour, mais c'est surtout la magie des nerfs et de la peau encore élastique qui est une merveille d'ingéniosité.

Encore une fois, j'arrive trop tôt à l'hôpital. J'y vais à pied sans remarquer s'il fait soleil, s'il neige ou s'il pleut. Les sièges du sous-sol sont turquoise. Autour de nous, les bruits des corps envahissent la salle d'attente, amplifiés par des machines. Ici, comme dans les autres hôpitaux, les tintements des cœurs et du sang marquent le temps avec une continuité déconcertante, mais ce sont les cris et les gémissements que l'on remarque en premier. Je ferme les yeux pour ne pas voir les civières et les membres qui se tordent devant nos visages figés dans l'attente. Au-dessus de nous, sur chaque étage, des corps s'endorment sous anesthésie, des corps arrêtent de fonctionner, des corps sortent du ventre des femmes. Des strates de chair et de sang et de respirations se superposent au-dessus de nos têtes. Je ne peux pas boucher mes oreilles, je dois entendre mon nom, mais je me concentre sur le souffle ample des appareils de pression artérielle et sur les frottements doux des draps souillés et des jaquettes sales qui s'entassent dans des chariots à linge.

Un homme tient une banane. Une petite fille tire sur la casquette de son père. Une femme tricote. Peut-être parvient-elle à déjouer l'angoisse. Je ne veux pas rater mon nom, je suis attentive. Une voix dans l'interphone appelle ponctuellement l'un d'entre nous dans la salle d'attente. Je dis *nous*, parce que je nous sens liés pour quelques heures dans cette salle. Les murs sont recouverts d'une sorte de crépi. Je me demande si c'est pour éviter qu'on s'adosse aux parois de la salle.

Sur les bancs turquoise, les tissus de mes vêtements s'imprègnent de quelque chose, l'hôpital les rend visqueux. Je choisis de vieux chandails, des pantalons informes sans couleur, des vêtements dont je me débarrasse tout de suite après être allée à l'hôpital. Je ne veux pas les donner à des organismes de charité et répandre cette odeur chez les gens.

Il ne se passe presque rien de visible dans la salle d'attente. Pourtant, c'est ici que les phrases deviennent des corps douloureux, couchés sur des lits qui roulent. Des visages jaunes. Des bras et des cous tachés de vert, de bleu, de mauve. Je voudrais que les intervalles entre les mots contiennent les centaines d'heures, qu'entre les lignes s'entende l'air qui se compresse de façon rythmée, pour rappeler la mesure de nos pressions artérielles. La salle d'attente est un lieu qui appartient au passé, à une liste de technologies désuètes. Sinon, pourquoi cette impression de friture sur la ligne, de brouillage radio? Pourquoi cette impression qu'un peu de nous se fossilise dans les sièges, ce sentiment que nous traversons des radiations, que nous sommes témoins de disparitions lentes et de vieillissements accélérés?

Après des heures d'immobilité, un tressaillement parcourt mes jambes. Mon nom surgit, encombre la salle, j'encombre la salle d'attente de l'hôpital. Mes gestes ne sont pas naturels, je ramasse mes affaires en désordre, je franchis des portes, d'autres portes, plusieurs portes derrière lesquelles se cultivent calme et détachement. Les mots sont dits avec calme et détachement. Les mots paralysie, les mots résection, les mots greffe, les mots sont présentés avec calme et détachement. Là, sous les néons qui bourdonnent, les machines médicales et l'attirail métallique disent l'ordre raffiné du découpage de la chair, des os et des organes, la promesse que la peau et le sang seront envisagés avec calme et détachement.

Je ne sais pas comment sortir. Dans les couloirs de l'hôpital, mon corps faiblit ou, plutôt, l'espace se charge et s'obscurcit. Les dédales de murs beiges se métamorphosent en carrefour, en mégapole, je crie tandis que les voitures filent autour, tandis que des trains à grande vitesse strient le ciel, personne ne m'entend hurler. Si je ferme les yeux et que je compte jusqu'à trois, je serai ailleurs, si je ferme les yeux, je n'aurai jamais mis les pieds ici, je serai au milieu d'une forêt silencieuse, je verrai un renard s'approcher, je pourrai sentir le vent se lever.

Ma famille et mes amis me promettent des soins miraculeux qu'ils inventent au fur et à mesure que les problèmes surgissent. Des soins miraculeux et réconfortants qui me seront prodigués. Leurs phrases font partie des spéculations sur les façons de *triompher de la maladie*. Quand je prononce le mot *tumeur*, je dois reculer à cause de l'impact que le terme produit chez les gens. Ce qui défile dans leurs yeux, c'est la peur. Celle de me perdre, puis leur propre peur de mourir. Pendant une fraction de seconde, je devine leur soulagement de ne pas être malades. La tumeur est dans un corps extérieur au leur. Très vite, ils se sentent coupables de ce soulagement égoïste. Je les comprends. J'aurais exactement la même réaction. Les gens ne me dérangent pas quand ils sont rassurés d'être en santé, mais ils m'agacent quand ils veulent m'aider à adopter de meilleures dispositions pour triompher de la maladie. C'est ce que Sontag dit aussi. Sontag n'est pas contre le fait de guérir, mais elle est contre les fausses croyances. Elle rappelle que le mot *triompher* sous-entend un acte volontaire. Sontag s'en prend à la pensée magique, à l'idée que notre volonté puisse dévier la trajectoire de la maladie. Qu'une meilleure attitude donnerait au corps la force de surpasser les impacts de la tumeur. Je l'écoute et je me dis que c'est dommage d'être arrivée trop tard, de ne pas pouvoir rejoindre la galerie des héroïnes romantiques du temps de la tuberculose. Avec ma peau pâle, mes yeux creusés, mes veines saillantes, mes jambes maigres et noueuses, mon physique de convalescente, j'aurais eu meilleure allure à une autre époque. Je l'écoute en sachant qu'il n'y a pas moyen de triompher, non, j'essaie de rester ici sur les bancs turquoise, avec tous ceux qui sont encore dans la salle d'attente.

Quelque chose change quand je comprends ce qui arrive, le temps ne passe plus aussi lentement. Il s'accélère. Je suis soudainement très consciente des dates, du jour de l'opération qui approche, et je vois bien qu'il pleut en sortant de l'hôpital et qu'il pleut depuis longtemps, au moins depuis la veille, parce que l'eau s'accumule en grandes flaques le long des trottoirs, prête à submerger les piétons au passage des automobiles. Comme si les nuits et les jours ne se succédaient plus, comme si la femme en robe de chambre m'avait accueillie de l'autre côté de la vitre, l'opération se rapproche, le temps tourne, les heures tournent à un rythme impossible, à une cadence que je ne connaissais pas.

Je découvre que l'artiste Chantal Dumas a demandé à cent trente-huit personnes âgées de huit à quatre-vingt-cinq ans de dire les 86 400 secondes qui divisent une journée et qu'elle a créé une horloge plurilingue qui martèle le temps, qui rappelle de façon frénétique les minutes qui passent en petites miettes sur nous. Une horloge qui répète que la mort est tout près. En enlevant des morceaux d'os, en insérant des pièces de titane en moi, en remplaçant mes dents par de la porcelaine, les opérations créent de l'inconfort, de l'incertitude et du désordre dans mon corps sans qu'il soit possible de revenir en arrière. Le temps s'accélère. L'entropie est une affaire constante. Le compte de chaque seconde est angoissant. La femme en robe de chambre m'emmène au fond de la pièce entre ses bras et j'allume la radio.

À l'intérieur de mes paupières se dessinent les souvenirs d'espaces remplis par ma voix. Un magnétophone posé sur le pupitre dans ma classe au primaire, les tapis d'une station de radio en Europe, le cubicule d'enregistrement à Chicoutimi, le grand fauteuil jaune défraîchi de la radio étudiante. Je ne me rappelle pas chaque journée au cours de laquelle j'ai fait de la radio dans ma vie, je ne pourrais pas dire la date, l'heure ni de quoi je parlais chaque fois. C'est très difficile de rendre compte du temps banal de façon détaillée. C'est ce que j'aime aussi de la voix enregistrée. Elle contient chaque minute. Elle ne concède ni ne condense rien. Sa précision défie la mémoire. En même temps, elle ne respecte pas de chronologie. Elle n'ordonne pas le passé, ne restitue pas le déroulement des faits.

J'aurais préféré une progression linéaire, parce que j'aime la chronologie et j'aime les gens qui respectent la chronologie, mais quelque chose résiste. J'aurais voulu découper les années au couteau, avant de subdiviser les mois, les semaines et les jours en petites sections pour que toutes les minutes s'écoulent de nouveau, rangées, claires. Jour après jour, je fais le deuil du temps organisé. En vérité, je ne suis plus certaine non plus que les événements se sont écoulés dans le bon ordre. J'essaie de retrouver ma voix enregistrée. Je réécoute ma voix sur la cassette des lézards. Je réécoute le message d'accueil de mon répondeur. Je réécoute les émissions à la radio étudiante. Mais je ressens surtout les heures vides, celles qui grincent entre les battements, celles qui existent entre les blocs de mots, qui se manifestent là où il n'y a rien ou si, enfin, il y a du temps passé, il y a une durée indéfinie qui doit combler l'écart entre les souvenirs. Entre chaque point, j'aurais voulu que le texte parvienne à remplacer les enregistrements, à piétiner ou à gruger les jours, que les opérations, les convalescences, les histoires d'amour se mêlent et s'annulent les unes les autres pour dissoudre le temps, pour l'enfouir au fond d'un carnet.

Au début, c'est un coup de téléphone et rien d'autre. Il n'y a pas d'impacts, pas d'indices, rien de matériel pour signifier qu'il y a eu un changement. Quand la nouvelle arrive, la maladie se trouve encore en dessous, il reste un espoir de la faire disparaître en l'ignorant. Pendant un instant, on pourrait se convaincre que rien n'est arrivé, que le tissu ordinaire de la vie est préservé. On pourrait rester devant le bureau, avec le bout de papier sur lequel est notée la description de la maladie, on pourrait tenter de faire comme si rien ne s'était produit. Pourtant, déjà, la nouvelle nous agite, la ligne de mots triture le corps, sans qu'on le remarque. Le déni calculé fonctionne quelques minutes, quelques heures, quelques jours, mais ça entre partout quand même, l'information bouleverse les battements du cœur, elle influe sur le rythme du souffle. Un bruit étrange s'installe dans les muscles fatigués. C'est peut-être une impulsion animale qui reste en nous, qui veut guérir, qui remue la peau. C'est empirique, c'est souterrain. Ça s'entend si on approche l'oreille de la poitrine du malade. Un événement se trame, frémit, réorganise le corps. Coucher la ligne de mots pour la contrôler ne sert à rien. Brûler la patience sous l'éclairage cru des néons de l'hôpital, observer attentivement l'épiderme et le sang qui sort. Ça prend du temps, guérir. Ne plus parler, ne plus manger, se distraire et ignorer l'enflure que provoquent l'envie et la colère, ignorer le plus possible ce temps auquel on n'appartient plus.

*

Encore une interruption, un appel, une sonnerie qui m'irrite l'oreille. Au bout de la ligne, ce n'est pas la même femme que la dernière fois, mais c'est une femme. C'est toujours une femme. Une femme débordée avec un ton expéditif et une voix fatiguée. Une femme nombreuse, pourrait-on dire, une femme plurielle, une femme qui alterne avec elle-même, une femme qui se démultiplie. À tour de rôle, elles m'appellent à l'intérieur de cette même voix expéditive et éreintée. Elles ne s'identifient pas, mais je sens qu'elles ne sont pas à l'hôpital.

Elles m'appellent depuis une région inconnue, secrète, impossible.

Les secrétaires médicales de la centrale des rendez-vous n'ont pas le temps d'avoir peur de la maladie avec moi, mais elles ont un savoir précis sur l'heure et le jour de mes visites à l'hôpital, et elles perçoivent de très loin le début d'un reproche dans l'inflexion d'une phrase. Elles parent les coups. Je reste polie avec les secrétaires médicales, je ne lève pas le ton, même quand je dois répondre à des questionnaires identiques à répétition. Avez-vous déjà eu une anesthésie générale? Avez-vous déjà eu des problèmes avec l'anesthésie? Avez-vous des problèmes de santé mentale? Êtes-vous anxieuse à l'approche de l'opération? Avez-vous perdu du poids sans avoir essayé de perdre ce poids? Êtes-vous inquiète pour votre retour à domicile? Je leur demande si ça change quelque chose si je perds du poids. On ne répond pas. On n'a pas le temps de gérer ça. L'opération n'est pas tout de suite. Pendant le trajet d'autobus, j'imagine le corps d'un animal pourrir.

*

Ce n'est pas la même salle d'attente ici. Les chaises sont orange, les murs sont plus pâles, les yeux des étudiants sont bouffis. Au centre d'aide psychologique de l'université, la gravité des choses donne un caractère prioritaire à ma demande. L'empressement et le visage inquiet de la travailleuse sociale me rappellent que tout est bien réel, qu'il y a des chirurgies, qu'il y a des risques. C'est bien de moi qu'il est question. À l'inverse, la psychologue est beaucoup plus calme dans les premières minutes de notre discussion. Avec un mélange de lassitude et de tristesse, je reprends comme une chanteuse épuisée l'air que je répète depuis des mois pour expliquer ce qui arrive, ce qui n'est pas encore arrivé. À aucun moment de mon récit la psychologue ne m'interrompt, ne réagit, ne trahit une réaction, une émotion. Je ne sais pas ce qu'elle pense. Puis, soudain, elle parle. Elle commence une phrase qui ne semble jamais s'arrêter. Elle me demande ce que je vais faire si je suis paralysée. Elle aimerait connaître la suite elle aussi. Est-ce que je vais pouvoir parler normalement après l'opération? Elle m'interroge sur les risques. Elle veut savoir comment je vais faire pour parler si je suis paralysée.

J'essaie de me concentrer sur des pensées mesquines pendant qu'elle répète une liste de questions auxquelles je ne peux pas répondre. Je remarque que ses pantalons trop serrés font des boudins de mollet sur ses jambes. Ses mèches luisent parce qu'elle utilise un produit collant dans ses cheveux. La liste s'allonge, mais sans succès. Tout ce que je réussis à trouver d'abject, de méprisable, ne suffit pas à camoufler mes tremblements. La psychologue me parle de possible paralysie. J'aurais voulu qu'elle me parle des autres, des survivants, des paralysés, des malades, des estropiés, des traumatisés, de ceux qui sont presque morts. J'aurais voulu qu'elle me parle d'autres vies que la mienne. Qu'elle soit plus grande, plus forte, qu'elle n'ait pas peur de devenir paralysée. J'aurais voulu qu'elle me libère de la peur de tout perdre. Je la regarde et je ne vois rien d'autre qu'une femme terrorisée, les épaules voûtées, les yeux vides, saisie du même tremblement que celui qui fait vibrer mes mains. J'ai envie de lui retourner la question. Vous feriez quoi, vous, si vous étiez paralysée? Comment parler des lézards dans le magnétophone à cassettes? Elle continue, mais je n'entends plus rien. Elle est une boîte vide, une caisse de résonance et je la sens amplifier le son de l'angoisse qui monte en moi.

*

Il existe une vieille archive sonore diffusée à la radio française qui s'intitule « L'homme au magnétophone ». C'est l'histoire d'un homme qui s'appelle Jean-Jacques, qui a pris son psychanalyste en otage. C'est une histoire vraie. Jean-Jacques est arrivé chez son psychanalyste, à l'improviste, muni d'une enregistreuse et il a tout enregistré. Je ne me souviens pas pourquoi, pourquoi après des années Jean-Jacques décide de demander des comptes à son psychanalyste. Au départ, Jean-Jacques trouve ça comique, il dit qu'il ne veut de mal à personne, qu'il ne veut engueuler personne. Mais quand le psychanalyste lui montre la porte et lui dit qu'il est l'heure de sortir, Jean-Jacques s'énerve. *Comment, il est l'heure? Il est l'heure des comptes, oui! Vous m'avez rendu fou pendant des années.* Il hurle : PENDANT DES ANNÉES*!* À l'autre bout de la pièce, la voix du psychanalyste est tordue par la peur tandis qu'il crie *au secours, au secours, au secours.* C'est très violent, l'histoire de Jean-Jacques.

J'y pense souvent en allant voir des psychologues et des psychiatres. Je me sens certaines affinités avec Jean-Jacques quand il n'est plus possible de desserrer les dents et de forcer un sourire, et je voudrais moi aussi enregistrer le tremblement dans la voix des psychologues qui, pas plus que moi, ne parviennent à masquer leur propre peur avant les opérations.

À la station de radio, dans le sous-sol de l'université, il y a des beignes, des mimosas et des décorations de Noël. Je mets une paire d'écouteurs, je parle près du micro, j'écoute ma voix dans le petit local recouvert de mousse. Mi-décembre, on enregistre la dernière émission avant les vacances d'hiver. J'essaie de retenir le temps, de faire durer l'après-midi, mais déjà la journée avance et je dois me rendre à l'hôpital pour récupérer des éponges antibactériennes. Sur l'emballage, il est écrit que ça diminue les risques d'infection de la plaie chirurgicale, qu'il faut en utiliser une la veille et une autre le matin de l'opération, qu'il faut l'employer pendant cinq minutes chaque fois. C'est une petite éponge rectangulaire. Ça ressemble à une éponge à vaisselle. J'ai l'impression de me laver à l'eau de Javel. Je prends ma douche le soir et le matin. Ma mère m'attend dans l'autre pièce. Elle a noté le trajet vers l'hôpital sur une feuille qu'elle tient serrée sur ses genoux, prête à partir.

Quand j'écris que ma mère m'attend sur le divan, prête à partir pour l'hôpital, je sens la texture de ses mains, de sa peau. J'entends sa voix, ce qu'elle dit la veille de la première opération, le souper pour me faire plaisir, la tisane, l'heure qui file, le film qu'on ne parvient pas à écouter avec attention. Ma mémoire contient des strates et je l'entends aussi des années plus tôt quand je fais du vélo, quand je cueille des tulipes, quand je mange des concombres. Elle est debout, elle s'inquiète, elle me berce. Le matin de l'opération, elle ne dit rien, elle serre entre ses mains le plan des rues à emprunter vers l'hôpital, le plan qu'elle a imprimé sur son imprimante couleur, avec son sac à main sur ses genoux. Elle pourrait porter une robe en laine verte avec un col roulé blanc et je pourrais avoir trois ans, me tenir là, devant elle.

Avant chaque opération, je pense à ma voix sur la cassette des reptiles, à ma voix dans la boîte de carton chez ma mère. J'ai le sentiment qu'elle existe avec moi, qu'elle est dans mon ventre. La boîte ne contient plus seulement ma voix, j'y ai aussi déposé la tumeur. Il y a des risques durant les opérations. Il se peut que la résection de la tumeur détruise la voix, mais il y a aussi des chances pour que tout se passe bien. Après un certain nombre d'opérations, il deviendra difficile de deviner si le contenu de la boîte de carton aura été endommagé. Tant que la boîte est fermée, tant que l'on n'ouvre pas la boîte, la voix qui se trouve à l'intérieur est à la fois brisée et intacte, le corps contient les deux possibilités, la tête oscille entre les deux, comme les aiguilles d'une horloge folle.

La journée commence à jeun avec l'éponge préopératoire, avec ma mère, avec les procédures pour l'hospitalisation. L'infirmier qui me demande des échantillons d'urine et de selles est très séduisant. Le médecin qui me décrit les étapes de l'anesthésie générale a une voix monocorde, angoissante et lourde, tellement que je m'évanouis deux fois pendant qu'il explique les risques de l'anesthésie. Quand il s'approche enfin avec le masque et les tubes, je m'interroge sur l'attitude à adopter. Avant de fermer les yeux, j'hésite. La tête du chirurgien flotte au-dessus de moi comme celle d'une fée penchée sur un berceau. C'est ici que je dois décider de mon vœu secret. Je ne sais pas si je souhaite me réveiller à tout prix.

De l'autre côté de la journée, pendant que je dors, on prend des notes. *Sous anesthésie générale par intubation nasotrachéale, badigeonner la région cervico-faciale, pratiquer l'incision sous-mandibulaire, disséquer la couche superficielle du fascia cervical profond, protéger la branche marginale du nerf facial côté droit, adapter une plaque de titane 2,4 millimètres avec quatre vis.*

Ce ne sont pas des notes que je suis censée lire. Je les remarque, des années plus tard, lors d'un rendez-vous de suivi, sur l'écran d'ordinateur de la salle d'examen où j'attends le chirurgien et la résidente qui discutent dans le corridor. Dans leurs notes, il n'y a pas de place pour la demi-mesure, pour la peur, pour l'hésitation. Lorsqu'on m'opère, je ne sais pas vraiment où je suis. Je veux dire, je suis là, endormie, mais anesthésiée. Mon corps est tranché, la chair ouverte. Autour d'elle, le lieu est dégagé, vidé de tout objet inutile. Ici sont réunies les conditions idéales et la lumière adéquate pour arracher la tumeur. Une collection d'instruments sont placés en ordre sur des plateaux. Le plafond blanc et cru illumine le mouvement des infirmières, les gestes du chirurgien et mon corps à l'horizontale. Leurs bras glissent et forment à l'occasion des nuages entre les néons et moi. Une femme tient une lampe chirurgicale pour chasser ces ombres passagères d'un faisceau précis. Des crochets, des pinces, des compas, des lames entaillent, déplacent, écartent les tissus, contournent les nerfs, fragmentent l'os. Bientôt, le sang tache en bourgeons écarlates le plastique bleu.

C'est ce que j'imagine. Les gestes, le sang, le plafond et la collection d'instruments. Je n'en ai aucune idée. Ce que je peux dire sur le nombre d'opérations que j'ai eues ou sur les détails de ce qu'on m'a fait reste limité. Je ne peux pas écrire de longs paragraphes sur le sujet. J'ose à peine lire les notes qui décrivent la première opération sur l'écran d'ordinateur à l'hôpital. Je ne peux pas penser trop longtemps à mon corps nu et ouvert sur une table d'opération.

Avec des ciseaux de cuisine, je découperai les

vêtements que je porte après m'être déshabillée pour m'étendre sur le lit d'hôpital. Je les mettrai en morceaux au fond d'une poubelle.

*

La première fois que j'ouvre les yeux dans une salle de réveil, les néons clignotent comme si c'était un hôpital de guerre. Ce ne sont pas seulement les tremblements de la lumière qui donnent cette impression. Le lit est mal placé, il est en diagonale au milieu de la pièce. Les voix du personnel médical me parviennent de façon intermittente. J'attrape les barres métalliques sur les côtés du lit. Je veux partir. Les vitres donnent sur d'autres salles blafardes. Quelqu'un dit que c'était plus long que prévu. Une autre personne enlève la sonde placée entre mes jambes. J'ai le réflexe de vouloir la frapper, comme si c'était une tentative de viol. Je revois le visage d'un homme qui me poursuit la nuit avec un couteau. Je ne sais pas où je suis. Je ne sais plus où se situe l'hôpital. Le chirurgien a l'air content, parce que je parviens à bouger mon visage. Quelque chose est lourd et m'enserre déjà. La douleur ne s'est pas encore installée. Je cherche un mur pour poser ma main, un mur froid, mais le lit flotte au milieu de la salle et je ne comprends pas pourquoi personne ne le replace près du mur. Je ne connais pas encore les mots pour décrire les sensations du corps. Après la première opération, je ne parle pas de la douleur, alors elle monte, elle grimpe, elle m'épuise. Il faut la nommer pour avoir des antidouleurs. Il faut absolument connaître sa douleur sur une échelle de zéro à dix.

D'une opération à l'autre, ce ne sont pas exactement les mêmes expériences. Après la deuxième intervention, le prélèvement d'os à la hanche, qui sert à reconstruire ma mâchoire, m'empêche de marcher. Me déplacer devient alors une obsession. Je vois des montagnes en rêve se dérober sous moi, inaccessibles, je sens s'éloigner l'expiration des baleines, qui longent des fjords imaginaires tandis que je roule à vélo. Je me bouche les oreilles sous les cris de suffocation d'un animal brunâtre. L'air court sans arrêt à travers les surgissements mauves et noirs de contrées inexplorées et de versants impitoyables. L'immensité aride de paysages inhospitaliers m'attire comme un aimant.

Je place mes espérances de mouvement dans des lignes d'horizon qui parcourent mes jambes immobiles.

Je découvre que le déplacement est une manière de conjurer le sort. Quelque chose s'englue et se noircit dans l'immobilité. Je voudrais marcher pour chasser la poussière qui s'accumule sur moi. C'est trop long, c'est complaisant, ça s'enlise. Se déplacer permet de secouer la colère sans attendre qu'elle encrasse le fond blanc de nos yeux, qu'elle salisse les fenêtres de l'hôpital. J'ai le sentiment étrange que je suis arrivée à la fin d'une histoire. C'est ici, à côté des corps qui expirent, des sonneries des machines et des bruits d'éructations que je sens mes mains relâcher la bride, les courroies du récit. Rien ne dira entièrement la douleur ou les cicatrices. Comment dire l'ennui de la suite?

Il n'y a pas grand-chose à faire d'ici la fin, à part observer un arrêt, encore se reposer avant la prochaine opération. La maladie empêche le déroulement normal des jours, la maladie mange les jours, renverse le temps.

*

Un préposé m'aide à me rendre aux toilettes pendant que mon voisin de chambre écoute le plus discrètement possible une partie de baseball sur une petite radio portative. C'est un vieux monsieur. Il me salue d'un sourire bienveillant. Il pose sur moi des yeux gentils. Je le fusille du regard. Je ne veux voir personne. Je ne veux de la gentillesse de personne. Je ne comprends pas ce qu'il fait dans la chambre. Pourquoi mon corps jeune est à côté de celui d'un vieillard? Pourquoi personne ne m'a donné une chambre privée? Pourquoi partout cette odeur de médicaments et d'urine? Si j'essaie de me lever, de tenir debout toute seule, je tombe du lit, mais je repousse le préposé et je suis désagréable avec les infirmières.

J'écoute le crépitement de la radio du vieux monsieur en m'endormant. Quelqu'un me demande d'évaluer mon niveau de douleur sur dix. Je ne sais pas ce que veut dire zéro. Je ne sais pas ce que veut dire dix. Je suis certaine qu'il existe des douleurs au-delà de ces nombres. J'ai faim, j'ai froid, j'essaie de m'en aller à plusieurs reprises. Une infirmière me découvre encore en bas du lit. Les bruits n'arrêtent jamais à l'hôpital, mais le soir tombe quand même, les fenêtres s'obscurcissent. Je m'endors.

Il y a quelque chose, un son difficile à identifier, un vent sublime et sourd qui souffle au loin. C'est peut-être la rigueur du désert ou les couleurs de l'Arctique. Une oscillation qui sature l'air. J'ai l'impression qu'il n'y a plus rien, plus personne, comme si la chambre d'hôpital n'existait pas, comme si ma mère n'était plus dans la cuisine à attendre un signal pour venir me trouver, comme si mon frère n'était plus dans son appartement. Un silence. Mes amies ne m'écrivent plus pour savoir comment l'opération s'est déroulée, peut-être qu'elles reviendront. À ce stade-ci, rien n'est moins sûr.

Pour l'instant, il faut retenir son souffle, seule, ouvrir les yeux, regarder autour, regarder la douleur en cratères, imaginer les planètes et l'absence d'oxygène hors de l'atmosphère, car le gris avale les traces de la vie d'avant, car le sol est brûlant et glacial. Il n'y a plus rien à gauche ni à droite. Aucun insecte mort ne s'effrite sous les doigts, aucune plante, aucun minerai. Le vent reprend, plus familier. Il se rapproche. Il se rapproche. Ce n'est pas le vent. C'est autre chose. Ça n'a pas de nom précis. Ça bouge sous la peau, ça échappe au regard. Ça résonne de l'intérieur. Ce n'est pas seulement une sensation, c'est un endroit à part entière. Un espace qui demande de la patience, qui n'occupe que le présent. On ne le connaît pas avant de l'avoir vu et on se le rappelle mal. Un vertige nous traverse de l'intérieur en arrivant. Un sifflement grave persiste dans les organes. Un vent perçant et froid érode les clavicules. Pourtant, il n'y a plus d'air autour et l'oxygène arrive par des tubes. L'horizon est gris et le sol ne nous retient plus.

Je donne, moi aussi, à la douleur la forme d'un lieu où l'on se pose, ébahie. Je perçois un alunissage. La métaphore surgit. Mais la ligne de mots se défait très vite, elle ne sert à rien et je replonge dans le noir.

Je me réveille en pleine nuit. Je sens les pattes d'un animal qui marche sur mon lit, près de mes jambes. J'écarquille les yeux. Un renard se tient près de moi. Un renard. Je peux voir ses gencives noires, ses dents pointues, l'intérieur de ses oreilles, ses pattes fines. Je suis certaine qu'il y a un renard dans la chambre. Je fais des signes en silence pour attirer l'attention du vieil homme à côté de moi. Il dort paisiblement. Sa petite radio, son cahier de mots croisés et son crayon à mine me rappellent ma grand-mère. J'agite la main dans sa direction, mais il ne réagit pas. Je voudrais lui dire pour le renard, je ne veux plus être odieuse avec lui. Je suis transfigurée par l'animal près de moi. Je sens l'anesthésie qui s'en va et la douleur qui me traque. Le renard est tellement calme. Il respire et se met en boule près de mes jambes, il ferme les yeux. *Monsieur, il y a un renard dans la chambre, réveillez-vous. Un renard.* Je lutte contre le sommeil pour rester là, avec lui, j'essaie de m'approcher de la boule de poils orange, je voudrais le toucher, mais c'est peine perdue. Je suis engourdie par les médicaments. Je m'endors après quelques secondes. Au matin, l'infirmière me dit que les hallucinations sont fréquentes avec les antidouleurs.

Il y a une bouteille de savon sur le bord du bain, une poubelle près du mur, une brosse de toilettes, et je peux voir le détail de la couleur des objets qui se reflètent sur le carrelage. Les choses se dressent, statiques, près de mon corps qui saigne. J'essaie de réfléchir aux événements, j'y pense de façon intermittente. C'est flottant jusqu'à ce que la pensée m'atteigne, qu'elle s'appuie sur moi. Ma peau dessine une flaque tout autour. Les mots ne me touchent pas, ils ne me parviennent pas de l'extérieur comme une révélation. Je suis allongée, je ne perçois rien du dehors. Tout vient de l'intérieur, tout vient du fond de la pièce. Les mots sont coincés avec moi pendant que je réfléchis sur le plancher de la salle de bain, les doigts recroquevillés sous mon ventre, sous mon corps étalé sur les grands carrés de céramique froids. Je comprends que je ne veux pas écrire un essai sur la maladie. Je veux éviter les abstractions, les explications. Je veux que quelqu'un sache que je saigne et que je suis étalée par terre. Qui sait combien de temps je vais rester ici tandis que les coutures de mon corps retiennent ma tête et mon cou ensemble. Que la peau de ma hanche est attachée par des agrafes. Plus le temps passe, plus la peau se rigidifie comme de la mauvaise viande. Les contours inanimés des pièces m'encerclent. L'épaisseur des objets s'additionne à mon corps, peu à peu la matière inerte de la maison m'inclut. La cuillère prise dans le blender, le café froid, la nourriture liquide, le tapis de bain, la brosse de toilettes, les chaises tachées de la cuisine, la table en bois, le plâtre des murs, les chaussures de l'entrée, les bouteilles de plastique sur le comptoir, les doubles de clés, les objets me cernent chaque jour davantage comme si j'étais devenue l'une des leurs.

Aux malades la douleur et la maladie dérobent les conditions pour réfléchir et pour écrire. Il suffit de penser à toutes les douleurs dont personne n'a conservé la trace. On ouvre un nouveau fichier sur un ordinateur pour inscrire le nom du patient, le nom du médecin, le nom de la maladie. Dans un dossier, on rassemble les êtres et les organes défectueux. Ce sont d'autres bouches, d'autres dents, d'autres épaules que les miennes, broyées par des opérations ou par la peine d'être relégué dans les marges.

À défaut de pouvoir comprendre la maladie de façon calme et posée, à défaut de trouver la force de parler de la violence du langage et de l'accès aux soins de santé, j'écris que je voudrais faire entendre le son de l'attente, le son du silence de quatre années d'opérations. Je voudrais montrer ce gouffre qui apparaît presque immédiatement sous les pieds des malades. Je voudrais un texte qui ne dise rien d'intelligent, qui témoigne d'une expérience à côté du monde, violente, ennuyante, invisible. Je griffonne des phrases. Je parle de ce processus qui mène vers un espace de douleur et qui empêche la pensée, un lieu où la raison de la mort devient une douce évidence. Comment prononcer avec douceur la promesse que ça va s'arrêter un jour?

Durant les premières semaines postopératoires, j'ai

du mal à traduire avec précision ce que je ressens. Contrairement à d'autres sensations, il n'y a pas beaucoup de synonymes pour le mot douleur. Mes notes sur le sujet sont laconiques. *Treize heures. Jeudi. Douleurs reviennent. Pincement dans le bas du visage*. Souvent j'oublie. Ce n'est pas parce que ça fait moins mal, c'est parce que la douleur est omniprésente, alors elle cesse d'apparaître comme une pensée. C'est seulement quand elle m'empêche d'accomplir quelque chose d'anodin, de me lever ou de parler, que j'y repense soudainement. À certains moments, je ne ressens rien, aucun symptôme physique précis, mais je sais que j'ai mal, parce qu'une fois passé un certain seuil, la douleur a des conséquences. Un matin, j'oublie de prendre les antidouleurs, puis je m'évanouis, je tombe par terre sur le plancher de la salle de bain.

La nuit, la douleur dépasse avec moi les limites du sommeil. Je rêve que quelqu'un m'étrangle avec un cordage rêche et lourd de bateau. Je me réveille et je vérifie qu'il n'y a pas de corde à l'endroit où se succèdent mes points de suture dans mon cou, je me hisse hors du lit, je vais dans la chambre de ma mère et j'attends dans son lit, sachant que personne ne m'étranglera ici.

*

La radio joue, mais ce n'est pas comme avant. Elle devient une présence au centre de mes jours. La seule qui ne m'épuise pas. Ses archives, ses fictions, ses documentaires. Les artistes de transmission, les monteurs de podcasts, les créateurs de sonorités étranges. La radio remplit l'espace et le temps, se place au centre de ma tête. Avec elle, j'existe. Elle assouvit mon besoin de présence et elle ne demande rien en retour. Elle me permet d'oublier que je n'arrive plus à parler avec les autres, que je ne peux plus partir, que je saigne en parlant et que je m'évanouis. La radio n'attend pas de réponse. Elle me parle comme à une confidente. Elle m'offre une sorte de point d'appui.

Entre les pierres qui s'accumulent, les voix que j'écoute à la radio mêlent les perspectives et marquent des motifs qui transforment le lieu étale de la maladie. Les voix réaménagent l'espace. Leur contact provoque des superpositions étonnantes. Trames souples et solides, elles s'entrecoupent. Elles entretiennent des affinités variables. Elles sont infatigables. Elles se relancent durant des heures, envahissant la pièce, effaçant mon corps. Toujours leur assemblage longe d'autres matières. Les voix n'existent pas dans le vide. Leur ondulation réagit aux objets. La cruche de savon devient un bocal qui résonne. Tantôt elles se matifient en rencontrant des masses épaisses, tantôt elles se réverbèrent contre les coins creux de la salle de bain. Elles imitent l'espoir d'une conversation, le désir de parler à quelqu'un, l'envie qui me taillade de crier et de courir. Durant les années où je me fais opérer, il y a une rémanence. L'attente d'un son. Dans le silence, j'anticipe les voix. Je connais d'avance des morceaux qui se répètent en boucle, des fragments qui se reproduisent dans mon oreille. Je devine des bruits cachés, ensevelis. Je devine la tessiture de paroles en dormance tout près du sol, sous le carrelage.

Pour les entendre, il faut de la patience, il ne faut ni parler ni bouger. Pour percevoir les voix, il faut rester immobile, sinon elles déguerpissent, elles s'enfuient, elles passent tout près de nous sans qu'on les remarque. Pour pouvoir les écouter, il faut faire comme s'il n'y avait rien, il faut agir comme si on ne les avait pas entendues. Écouter ce qu'elles racontent exige de la patience. Après un instant, elles font surface, elles arrivent près de nous, elles sont là. Tout à coup, elles occupent complètement l'espace, elles s'entrecroisent pour imiter le réel des corps et de la vie.

*

Quand Terese Marie Mailhot parle, j'imagine que je ne suis plus couchée, à l'horizontale, à attendre sur le plancher de la salle de bain. Je vois un mur en bois blanc où je pourrais faire des trous avec une perceuse pour y déposer sa voix et pour la réentendre en collant l'oreille au mur. Ce serait un secret vertical, un mur des lamentations qui parle au lieu d'écouter. En s'approchant, on l'entendrait qui lit des extraits de son livre, les mots qu'elle adresse à son ancien amoureux Casey, les phrases où l'on perçoit la folie et l'amour, l'hôpital psychiatrique, la lingerie en dentelle noire et le chien de Casey. En s'approchant du mur, on saurait qu'elle n'est pas seule responsable de sa folie. On aurait envie de lui dire qu'on l'entend, qu'on reste, qu'on ne partira plus. L'amour filerait entre nos doigts pendant qu'elle réciterait son histoire, l'expérience de la perte. On capterait chaque mot, on emmagasinerait, jusqu'à l'extrême limite de notre fatigue, l'effacement. Et quand ce serait fini, la voix reprendrait et on resterait là pour réécouter le texte et toutes ses répétitions. Devenir creuse, devenir un trou dans la terre noire, un puits sans fond où l'intensité et le mystère des blessures trouvent leur place, comme de l'eau claire et transparente. Dans l'attente de la maladie, j'apprends l'écoute, j'apprends à écouter jusqu'à ce que les voix enregistrées reviennent d'elles-mêmes en moi sans autre caisse de résonance que ma propre tête. Laisser les images ronger ma peau et la plaque métallique de mes os remplacés. Laisser les images grimper sur moi comme de la rouille.

Terese Marie Mailhot dit que *le désespoir n'offre pas de conduite pour l'amour.* Alors qu'elle était enfant, un guérisseur est venu la voir et lui a donné le droit de ne pas être gentille. J'agrandis la phrase, je lui donne une autre signification pendant que je suis par terre, j'imagine que le guérisseur lui donne le droit d'être brisée et de briser les choses. J'arrête l'épisode. Je reprends. Je réécoute le début de l'entretien. Elle répète exactement les mêmes mots et j'entends sa voix durant des jours. Comme une chambre d'échos, mon corps est parcouru d'une grande tristesse. Ce que la douleur m'apprend, c'est qu'elle ne m'apprendra rien. Je ne sais pas si cette phrase est la mienne ou celle d'une autre femme qui me parle comme Terese Marie Mailhot. Certaines voix sont si grandes qu'elles n'existent qu'au pluriel. Terese Marie Mailhot écrit sa lettre suppliante, douce et vengeresse à Casey dans un centre de santé mentale. Je suis soulagée de savoir où elle est à l'heure où elle rédige le texte. Moi, je suis sur le carrelage froid chez ma mère, et le temps passe. Je retourne la solitude dans mes mains avec horreur et étonnement.

Des années plus tard, je ferai la rencontre d'Amanda Dawn Christie, une artiste qui envoie des poèmes sonores dans l'univers. Elle utilise les techniques de transmission à ondes courtes d'une station scientifique et militaire pour jouer avec les limites des zones de communications terrestres. Elle parle de fantômes qui voyagent dans l'air. Sur l'ionosphère, ses messages rebondissent puis quelqu'un les reçoit quelque part, avec une radio, quelqu'un qui se pose dans un désert mauve et rouge entend les créations d'Amanda. J'aurais voulu moi aussi posséder une radio à ondes courtes pour intercepter en secret des messages qui me seraient parvenus de très loin.

Devant un miroir plusieurs fois par jour, je pratique les lettres de l'alphabet. Je n'y arrive pas, mais je m'obstine jusqu'à épuisement. J'allume la télévision dans le salon, je suis en robe de chambre toute la journée et j'écris des messages textes à mes amies. J'essaie de reconstituer les jours dans l'ordre. En fait, je ne me souviens plus de ce que je leur dis. Il ne se passe presque rien. J'écoute la télévision et les bruits du corps. Il y a le bruit du cœur, des tendons, des os faibles. Il y a le bruit de la plaque de titane qui résonne à l'intérieur de la tête, trop près des tympans quand je bouge ma mâchoire. Une bulle d'air explose, crée un claquement sec. Mes messages sont confus, je suis distraite par la télévision. Mon amie m'a acheté le disque de Sufjan Stevens et je manipule doucement la pochette. Sur les carrés de carton qui contiennent le disque, la terre est mauve et rouge. Étrange, le sol appartient à d'autres mondes. Il existe tellement de paysages qui pourraient remplacer les métaphores que nous inventons tant bien que mal. Je prends une photo de moi avec la pochette. J'imagine que je roule en voiture vers les montagnes poudreuses multicolores en écoutant l'album.

Ce que j'essaie de dire ne concerne pas seulement

le temps qui se compresse et se dilate pour les malades. Ce sont aussi les phrases de ceux qui observent, attendent et craignent la perte. De ceux dont le calme inquiet devient lisse comme l'étendue opaque d'un lac. De ceux qui, dans l'attente, perçoivent en miroir la douleur. Un jour, le garçon du bar m'appelle et me parle de sa détresse pendant mes opérations. Sa peine est si grande qu'il ne parvient pas à l'articuler de façon claire. C'est une conversation téléphonique compliquée, peut-être impossible, mais, durant quelques secondes, mon corps et les opérations m'apparaissent vus de l'extérieur. Il hésite, il laisse traîner des silences entre ses phrases. Je voudrais qu'il soit avec moi dans le bain, qu'il voie les cicatrices de mon cou et de ma hanche qui guérissent. *Regarde, je mets mon corps dans l'eau. Regarde la couture. Regarde la peau qui se referme et la plaie rose et blanche qui ne s'est pas infectée.* Je voudrais qu'il voie que je suis en train de guérir. Il dit *ce n'est pas seulement la peine ou l'inquiétude.* Je crois qu'il essaie de parler de colère, de ma colère, de la sienne aussi. Je sais qu'il attend ma réponse à l'autre bout de la ligne et je veux lui dire que je comprends, mais lorsque j'ouvre la bouche pour le rassurer, j'entends ma voix cassée, je sens ma mâchoire qui ne fonctionne pas bien, les nerfs altérés par l'opération, combien de temps encore, *c'est difficile de savoir précisément*, dit le chirurgien. Impossible de dire à quel moment ma voix me sera rendue. Alors, je raccroche et je sors du bain.

Catherine Mavrikakis parle de littérature à la radio pendant que j'attends qu'il soit l'heure de prendre de la morphine. Elle dit que l'écriture est une errance. Sur le coup, je n'y porte pas attention, mais lentement ses mots reviennent, s'incrustent, puis sa phrase résonne. Dans les premières minutes, j'entends *l'écriture est un déplacement*. Mais ça rentre en moi et ça s'amplifie. Peu à peu, j'entends *l'écriture veut dire quitter un lieu familier*. L'écriture est une trahison. Je regarde tout ce que l'on met sur un piédestal. Je pense à ce que je ne pourrai pas désapprendre. Je pense à mes études en littérature, au caractère assertif du langage que je ne maîtriserai peut-être jamais. Je pense aux voix qui se lamentent en secret et que j'écoute au lieu d'avancer mon doctorat. Je télécharge un épisode d'un de mes podcasts préférés avec Maggie Nelson. Elle est agaçante, elle acquiesce vocalement à tout ce que son interlocuteur dit, sans arrêt. Ça fait *hum hum hum* tout le long. Puis je m'endors à cause de la morphine. Sans m'en rendre compte, je m'accroche à sa présence, que ses hochements de tête vocaux disent sans arrêt. Sa voix qui opine en continu me rassure comme une berceuse.

Malgré la convalescence, je me démène pour essayer de poursuivre mes études. Je m'applique. Je n'arrive plus à lire, alors j'essaie de continuer ma thèse en écoutant la radio. J'écoute, j'appuie sur pause, je transcris des extraits. C'est la troisième fois que je repasse l'épisode avec Joan Didion. Je prends des notes. Je relance l'épisode. Puis j'écris dans une application sur mon téléphone. En dessous de mes notes sur Joan Didion, on peut lire les indications postopératoires. Il ne faut pas rincer, il ne faut pas gargariser les premiers jours. Il ne faut pas manger de la nourriture trop chaude ni trop froide ni trop épicée ni trop dure. Il ne faut pas utiliser de paille pour boire du liquide. Il faut appliquer des compresses d'eau froide si le cou saigne. À l'intérieur de la bouche, ce sont des points fondants, 4-14 jours. À l'extérieur, c'est avec le CLSC pour les enlever. Attention aux nausées, si on essaie de manger. Il ne faut pas faire de cardio. Il faut surveiller enflure, rougeur, douleur, température, écoulement. Les consignes du chirurgien sont très claires, mais mes notes sur Joan Didion sont incompréhensibles. La seule chose qui est sûre, c'est qu'il faut éviter à tout prix l'apitoiement. Il est écrit *self-pity,* et à côté, entre parenthèses, il y a le nom de Mavis Gallant.

Ma mère allume la radio dans la cuisine et je me lève pour manger de la purée. C'est encore Catherine Mavrikakis qui parle. J'attends que la cuisine se vide pour manger toute seule. J'essaie de comprendre ce qu'elle explique. Sa respiration est saccadée. Sa parole avance comme si elle avait oublié de respirer et qu'elle revenait en arrière, qu'elle grattait quelque chose, péniblement. La première fois que je l'ai entendue, j'ai pensé à une sorcière. Mais, aujourd'hui, je ne m'étonne plus de ce déplacement vocal étrange, de ce grincement d'incertitude dans le timbre. Sa voix qui tâtonne et sa respiration qui ponctue ses phrases n'importe comment me font penser à Laure Adler. Laure Adler dit que la radio crée encore *une peur panique* chez elle, après toutes ces années. Que lorsqu'elle commence un entretien, elle est très angoissée, *avec une respiration complètement coupée, pleine de trac.* Si les ondes pouvaient apparaître, répondre parfois, elles me suffiraient peut-être. Les voix combleraient entièrement ma vie. Je n'aurais plus besoin de répondre aux autres, ni à leur corps ni à leurs questions. Je mange de la purée et je voudrais que Catherine Mavrikakis continue d'expliquer des choses à la radio. Qu'elle reste dans la cuisine avec moi.

*

Quelqu'un m'appelle, quelqu'un m'envoie un message, quelqu'un m'écrit un courriel, tente de traverser de l'autre côté, de s'immerger avec moi, de parler de chirurgie, de maladie, de la mort. Je réponds, mais je n'arrive pas à parler. Le chirurgien m'a recommandé de ne pas ouvrir trop grand la bouche. Je raccroche. Quelqu'un entre dans le salon, mais la personne disparaît presque aussitôt derrière un silence épais. J'éteins le téléphone, je ferme les yeux.

*

Je ne me souviens plus pourquoi je suis couchée sur le sol de la salle de bain ce jour-là. Quand ma mère rentre avec les courses, je suis encore immobile par terre. Il y a du sang. Je ne sais plus si c'est mon cou ou ma hanche ou ma bouche. Je ne m'en souviens pas. Le plancher est froid et ça me fait du bien de coller ma joue contre le plancher. Je regarde ma mère encombrée de ses sacs d'épicerie qui rentre chez elle et qui crie dans le vestibule de sa maison. Ma pauvre mère, devant moi, devant mon corps étalé sur le carrelage de la salle de bain.

De l'autoroute jusqu'à la ville, de l'extérieur jusqu'à mon appartement, de grands roseaux, des oiseaux de proie et des chevreuils déjouent les bourrasques et les accidents avant que n'apparaissent des immeubles, des entrepôts et un bar de danseuses. Très vite, les constructions de briques s'effacent dans le rétroviseur, les voitures se resserrent aux feux de circulation sur le boulevard, lui-même écartelé entre les petites rues du quartier. Les moteurs se calment, glissent en silence jusqu'au bas de la pente avant de freiner ou montent en toussotant les avenues de la haute ville. Les gens à pied s'arrêtent dans le faubourg bâti sur le dénivelé, entre deux mondes, là où l'écho répercute les conversations à cause de l'étroitesse des rues, de l'asphalte, du béton, de l'absence d'arbres et de feuilles. Parfois des voisins, des inconnus, sortent les poubelles dans le passage et font résonner les cris d'amours brisées par-delà le bruit strident des camions qui arrachent les rétroviseurs des autos mal stationnées. Les mauvaises herbes reposent en dormance l'hiver, elles ont temporairement cessé de fendre le revêtement urbain. Sous l'œil des passants, le gris du trottoir se mêle aux briques vertes où se posent les premières neiges. En entrant dans l'immeuble, on peut voir les murs de la cage d'escalier marqués par les déménagements successifs. La porte en bois se referme sur un post-it où il est écrit : *éteindre cafetière, vérifier four, eau du bain, fermer fenêtre, verrouiller arrière.*

Il est facile d'emprunter le chemin du retour, de rentrer chez soi. On ne saisit pas tout de suite que c'est un retour définitif, qu'il ne reste plus de trajets, plus d'autres cartographies, que les gestes seront centripètes. On entre. On accroche le manteau. On s'affaire un temps. Il faut un moment avant de comprendre ce qui arrive. Pourtant, très vite, l'appartement semble contenir plus d'objets qu'avant. Les ampoules mortes, les textes, l'encre, les plumes d'oiseaux, les bijoux volés, les figurines de plastique, les dents de lait, les morceaux d'asphalte, les fragments de toiture, les flacons vides, les vases ébréchés, les papillons morts, les os d'animaux, les pierres ramassées. C'est de les accumuler mentalement qui les alourdit. Surtout les pierres. Tous ces cailloux, ceux que je ramasse ou qu'une amie me donne, et qui s'entassent un peu plus chaque jour sur mon bureau et dans mes bibliothèques. J'essaie de les jeter, parce qu'ils prennent de la place, parce que je ne leur connais aucune utilité, parce qu'ils me rappellent douloureusement des voyages. Je les jette, mais ils reviennent. Il y a un ressac.

Fanny Britt parle des cailloux sur mon bureau. Elle dit que ce sont peut-être les mêmes qui se trouvaient au fond des poches de la veste de Virginia Woolf, qui l'ont fait couler au fond de sa rivière, qui ont traversé les années, les continents, et qui sont désormais ici, chez moi, comme chez d'autres, des roches que l'on *contemple et que l'on expose pour avertir secrètement des alliées qu'ici en ce lieu elles seront accueillies.* Les cailloux que je garde sont aussi une promesse de mort, un rappel d'une autre durée, l'indice qu'il existe un autre temps. J'aspire à une patience minérale. Les signes de la décomposition sont là, tandis que mes yeux restent clos, tandis que la voix de Fanny Britt me rassure par les ondes, je peux sentir un autre temps passer sur moi, un temps qui ne m'appartient pas, une durée qui laisse les fentes de trottoirs s'effacer dans mes vertèbres. Si je vais au fond des choses, je rencontre les ruines des murs grugés par le travail des rochers, de l'eau, de la glace.

Du mur bleu de la chambre jusqu'au lit, le soleil trace un polygone de lumière. Il y a peu de plantes chez moi, mais beaucoup de fenêtres. À travers la vitre, on peut voir les montagnes qui se sont aplanies sur des milliers d'années.

Des femmes malades précèdent mes rêves. Je ne les connais pas personnellement. Elles me parlent au creux de l'oreille, elles sont bavardes, elles disent leurs tumeurs en pointant des pierres logées dans leur corps. Quand j'essaie de leur poser des questions, elles ne répondent pas.

De retour dans mon appartement après des mois chez ma mère, je fais les choses de façon extrêmement lente, comme si j'avais oublié certains gestes. Je réapprends les tâches les plus élémentaires. Faire du café, sortir les poubelles, laver des vêtements, regarder les mésanges, faire du potage. Pour éviter d'inonder l'appartement en oubliant le robinet ou de mettre le feu à cause du four laissé allumé, je note sur une feuille le plus important et je colle les informations sur la porte de bois de l'entrée.

L'intérieur de l'appartement se révèle à l'écart du quotidien de la ville, de celui que l'on reconnaît à l'arrêt d'autobus, à la cafétéria de l'université, à l'épicerie. La maladie est l'amie du temps long. C'est ce que les pierres disent. Que la convalescence exige de lents forages dans le rythme des années. Je rentre dans l'appartement, je rentre dans mon corps lent et maigre, je rentre à l'intérieur, je ne défais pas de valise, mais j'ai avec moi la vieille boîte de carton, celle qui contient mon walkman et la cassette des reptiles. Je la place près d'un mur que je peindrai, un jour, en rose, de la couleur des ciels d'été, de la couleur des fins de soirée du mois d'août.

À des moments fixes, aux demi-heures, toute la journée, une liste des informations les plus récentes, la météo, la circulation, les drames régionaux, nationaux et internationaux. Dans un dépanneur, un homme qui vendait des cigarettes à un de mes amis est poignardé. Une femme et des enfants disparaissent la même journée, s'ajoutant à une longue liste d'anonymes. La radio joue sans fin et engrange des images d'enfants perdus, de femmes qui saignent en prenant la fuite sur la route et qu'on finira par oublier. Je peux m'effacer moi aussi sans problème maintenant, je n'arrive plus à croire à la comptabilité des performances. J'échoue comme je n'avais pas su échouer avant, et jc constate tout autour ce que coûtent les heures qui se perdaient en courses épuisantes.

*

Les voix enregistrées que j'écoute ne savent rien. Elles ne connaissent ni le passé ni l'avenir. Elles ne prédisent rien. Même les voix des archives qui font parler les morts me parlent au présent. Elles me rappellent que je suis bien là, couchée, seule. Elles ne soulagent pas de grand-chose, mais elles accompagnent les heures. Elles m'emmènent toujours plus loin, jusqu'au verso de la solitude. Les semaines défilent et les voix qui me suivent d'un lieu à l'autre se démultiplient. Plus le temps passe, plus les entendre m'effraie comme si elles m'encerclaient peu à peu et me tenaient prisonnières.

Les astronautes disent que, pour survivre à l'isolement dans un vaisseau spatial, il faut suivre un horaire rigoureux et se fixer des objectifs réalistes. Sortir sur le balcon. Regarder les mésanges. Faire du potage. Noter les médicaments sur une feuille lignée. Je ne saurais dire quel jour ou quelle semaine, ni même la saison. Je crois qu'il y a de la neige derrière l'immeuble. Dans l'espace, le soleil peut se coucher seize fois par jour, alors il faut créer un horaire artificiel. Dans mon appartement, je remarque que tout est poussiéreux. Les astronautes disent que la surface de la lune est poudreuse. Mais l'horizon apparaît de façon nette, incurvé, même avec les rochers un peu partout. Les reflets du soleil sur le sol ressemblent à la neige aveuglante en hiver. La température est à deux cents degrés ou plus. Le ciel est plus noir que tout ce qu'il est possible d'imaginer. La lumière du soleil empêche l'œil de percevoir les étoiles. Devant le noir du ciel, devant la courbe de la lune à l'horizon, les astronautes parlent d'une *désolation magnifique*.

Sontag sait que son livre sur la maladie est trop abstrait. À la fois trop abstrait et trop concret, dit-elle. Elle n'ose pas raconter sa peine. Sontag a peur qu'en écrivant au « je », elle soit expulsée de la littérature, qu'elle soit déclassée, reléguée à l'oubli avec les autres femmes qui geignent. En 1978, Audre Lorde refuse le silence de Sontag. Elle veut écrire sur sa douleur, sur son sentiment de perte absolu. Elle oppose aux stigmates et au silence de la maladie son entière vulnérabilité. Audre Lorde parle aussi de paysages lunaires, stériles et solitaires, où le désespoir la confine. Quand, enfin, je découvre cette phrase dans laquelle Audre Lorde dit qu'elle est terrorisée, je soupire de soulagement. Enfin. Oui, bien sûr qu'elle a peur, on peut l'entendre dans sa voix.

On peut l'entendre dans ma voix.

*

J'essaie encore de prendre des notes. J'écris à propos du garçon que j'ai embrassé dans le bar. Très vite, le souvenir s'éloigne. Le caractère sentimental de la scène se mêle à une jalousie qui me crève le cœur. Une jalousie pour le corps d'avant, pour le corps agile, souple, libre. Je cherche de vieux enregistrements d'*Audio Smut* réalisés à Montréal par Kaitlin Prest. Je veux ressusciter la soirée dans le bar, je veux ressentir à nouveau le premier baiser. Kaitlin Prest parle de la mise en scène sonore d'un baiser et de la complexité des sensations que l'on éprouve la première fois. Elle explique que les vrais bruits de bouche sont très loin de l'intimité d'un baiser. Elle enregistre plutôt des respirations, des mots répétés, l'inflexion d'une voix chuchotant, suppliante. Elle reconstitue l'attente, la gestuelle incertaine. Les mains triturent dans l'air un désir invisible, puis se posent sur le corps de l'autre. Elle ne fait pas entendre les sons humides ou gluants des bouches et des langues. Elle bricole des sons pour traduire le crépitement qui sature l'intérieur de la tête, qui descend jusqu'à la nuque, qui réchauffe le corps. Ça s'entend, la respiration irrégulière, le cœur qui bat plus fort, le souffle qui s'accélère, le désir qui floute le reste de la scène. Je suis couchée. J'écoute Kaitlin Prest mettre les corps en scène. J'écoute les doigts qui se tressent, les lèvres qui se fondent, s'éloignent et se cherchent. Comme tout ce que je ne peux pas manger – les amandes, le pain, la nourriture craquante –, les sons enregistrés par Kaitlin Prest me plongent dans un mélange intense d'envie et de manque.

Le garçon que j'ai embrassé dans le bar m'envoie des messages. Ce qu'il dit me semble adressé à quelqu'un d'autre, à côté de moi. J'écris des phrases sur la texture de sa peau. C'est très ennuyant. Je relis les mots et je vois bien que ça ne parle pas du garçon. Ça sert à faire passer les jours. C'est du temps que je déroule. L'histoire avec le garçon ne finit pas bien. Rien dans ce que je consigne ne raconte une histoire d'amour, et bientôt le carnet ne contient plus que la marque des heures près desquelles j'écris le niveau de douleur et les médicaments que je prends.

Je découvre qu'il est facile de mentir et d'être désirable à distance. Je peux m'inventer un autre corps que celui que les opérations m'ont laissé. Je peux créer une cible où il projettera ses fantasmes. Je travaille par petites séquences et combien de brouillons derrière. La séduction requiert une stratégie. Je ne parle pas des rendez-vous à l'hôpital, j'achète de la lingerie, du rouge à lèvres et des talons hauts. Je commande sur internet ces accessoires inutiles, destinés à une autre vie que la mienne, une vie que je reçois par la poste, que je range sur des cintres, que je place sur des étagères et qui reste presque intacte. Je m'en sers pendant quelques heures, le temps de construire ce double aux joues roses de santé et aux lèvres scintillantes. Je déploie des efforts considérables pour parvenir à appliquer du rouge à lèvres. Je ne contrôle plus comme avant le nerf connecté à ma lèvre inférieure. J'applique le rouge à lèvres, j'en mets partout, je l'enlève, je recommence. Sur internet, le tutoriel dit qu'il faut utiliser un crayon, alors j'achète un crayon pour dessiner le contour de ma bouche, mais je n'y arrive pas non plus. Je comprends comment fonctionnent les nerfs maintenant. La corbeille de la salle de bain est remplie de mouchoirs tachés de rouge. Quand je réussis à me maquiller, je prends des photos de moi, mais je les modifie. Je cache les parties de mon corps qui tiennent par des agrafes ou par des fils décorés de sang séché.

Je l'écris et je trouve ça un peu pénible comme souvenir. Je me rappelle moi, debout, appuyée sur ma canne, qui place maladroitement la caméra sur le trépied. Qui prépare le retardateur. Qui positionne mes articulations, mes muscles et mes os, et examine le résultat. Je crée artificiellement la mécanique de la santé, je pose de biais, je cache ma maigreur, je maquille mon teint blafard. Puis je me démaquille complètement, je prends une vraie photo de mon visage et de ma hanche pour vérifier que rien n'a enflé depuis la veille. Je surveille les signes d'infection. Sur l'ordinateur, je glisse les fichiers de mon corps difforme dans un dossier intitulé *Chirurgies*. Je peux comparer les images de jour en jour.

Blême, heureuse de la mort d'une autre journée, je range l'appareil photo dans un état d'épuisement profond. La séduction requiert un temps fou. Des heures pour dissimuler les marques de la maladie, des heures éreintantes à étudier mon corps, à le tordre un peu mieux devant l'objectif, pour trouver l'angle où les cicatrices disparaissent. Plus les minutes ont été longues devant mon appareil photo, plus mon désir m'échappe. Je sens mon corps désarticulé, membre par membre, comme une araignée à grandes pattes qu'on aurait torturée. En regardant les images après coup, je comprends d'ailleurs très vite ce qu'il faut ajuster. Je sais ce qui fonctionne et ce qui ne fonctionne pas, ce qui est excitant et ce qui est triste. Le désir est à des kilomètres de la compassion ou de la pitié.

Je réfléchis souvent à l'insouciance des jours qui précèdent la maladie. Avant que tout bascule, on flotte au-dessus de notre peau, n'est-ce pas? On ne s'étonne pas chaque jour de marcher, de courir, de parler. On ne s'étonne pas de susciter du désir, de sourire de nos plus belles dents, d'embrasser un garçon dans un bar, d'être dans son lit. Bien sûr qu'on acquiesce quand il dit qu'il aime les filles simples, on est même soulagée qu'il ne soit pas superficiel, qu'il les trouve ridicules, celles qui mettent du maquillage, celles qui se lissent les cheveux, qui s'épilent les sourcils, celles qui veulent maigrir. On ne sait pas encore le degré d'hypocrisie de ces phrases.

Quand je repense à mon corps d'avant, à celle qui flotte au-dessus de sa peau, j'ai envie de crever la paroi des années, de retrouver chaque lit, chaque garçon, un à un, j'ai envie de hurler, mais de quel droit parle-t-il ainsi, comment ose-t-il mentir à ce point? Ça flotte, ça flotte au-dessus de corps parfaits, et ça déborde de peaux élastiques et de désir préfabriqué. Je dis que j'ai envie de crier mais, au fond, ce n'est pas aux garçons que je m'adresse, je n'attends rien d'eux, ils diront qu'il ne faut pas juger les préférences et les goûts des uns et des autres, et je ne leur demanderai rien, non, je ne leur demanderai rien, mais à moi, à moi, je voudrais pouvoir parler, je voudrais remonter le temps et me traîner, me tirer par la racine des cheveux jusqu'aujourd'hui, jusqu'à ces marécages de colère où je m'embourbe désormais à force de pétrir mon image dans tous les sens pour changer sa consistance, pour récupérer quelque chose de perdu.

J'éteins cette violence tournée contre moi en écoutant Audre Lorde. Ce qu'il y a de plus radical dans sa voix, c'est l'amour entier et intense qu'elle réserve à son corps. Elle parle avec amour de son corps, elle parle d'un amour qui s'oppose au silence. Partout dans son journal, sa voix en porte la trace. Elle raconte qu'un jour, durant sa convalescence, elle peut recommencer à se masturber. *Je peux enfin me masturber*, dit-elle, *je peux me faire l'amour à moi-même des heures durant. La flamme est faible et tremblante, mais c'est un soulagement à travers une période de grand froid sourd.*

Au moment où j'essaie d'arrêter les antidouleurs, la pornographie agit comme un soulagement efficace. La première fois que j'essaie de regarder une vidéo après les opérations, je suis étonnée de ressentir quelque chose. Après des mois en pièces détachées, je suis étonnée d'éprouver du désir, particulièrement ici, dans ce monde artificiel où le réel de mon corps et de mes cicatrices ne rencontre aucune similitude. La pornographie offre une sexualité de pacotille, un désir betty crocker, un mélange de pâte trop sucrée, trop salée, trop grasse. Ça fonctionne.

Mais comme les gâteaux roses et jaunes et bleus qu'on mange très vite, ça finit par donner mal au cœur. Rapidement, je ne tolère plus les images de femmes tamponnées comme des poupées gonflables. Je délaisse le monde des vidéos. Je découvre des clips audio, j'écoute des voix qui détaillent leurs désirs dans des microphones.

Je demande à des amis s'ils ont un malaise à regarder une fille très jeune qui se fait pénétrer par trois gars en même temps. Les antidouleurs, ou le temps passé seule, ou la douleur elle-même me font perdre de vue certaines convenances. Mais ma question est sincère. J'ai de la difficulté à regarder des vidéos avec de vraies personnes, parce que je pense au vrai corps des femmes et ça me rend triste. Je sais que c'est naïf. J'ai l'air trop candide pour parler de pornographie. C'est comme si je m'étais perdue sur internet. On se demande ce que je suis allée faire par là, avec mon air égaré. Pourtant, c'est une façon simple d'éviter les autres, d'éviter leur corps, d'éviter de leur montrer le mien, ses coutures, les marques des opérations qui me répugnent.

Je retourne à l'épicerie et je plonge la main dans un contenant rempli d'amandes dures, croquantes. Les liquides me lèvent le cœur. La soupe blanche et verte au concombre, au chèvre et à la menthe refroidit sur le comptoir et mes doigts cherchent dans la cuisine la croûte d'une miche de pain. Mes fantasmes deviennent des textures.

Même en cachant la plupart des agrafes et des coutures, même en cachant mon visage, je pense à la créature de Frankenstein quand je fais l'amour. La féminité m'échappe. L'intérieur de ma bouche goûte le sang. La première fellation postopératoire est un échec et, pourtant, je persévère. Je voudrais réussir quelque chose. Le résultat est une chorégraphie presque médicale qui me soulage et me mortifie. Je regarde mes jambes s'écarter difficilement, mes hanches asymétriques, mes articulations, mes os et mes muscles qui ne répondent plus très bien à mes nerfs. Il y a un manque d'élasticité dans mon corps. Combien de temps ça peut durer? Avant d'avoir un orgasme, je ne pense qu'à manger. J'ai faim, parce que je n'ai droit qu'à des repas liquides. Il faut remplir ma peau. Je tâte mes os fatigués et fragiles de leur maigreur. Une phrase d'Anne Hébert me vient en tête pendant que Delphine de Vigan parle d'anorexie à la radio comme d'une drogue. Avec le fentanyl, je suis bien et j'oublie beaucoup de choses. Avec la morphine, la peau pique, irritée. Avec tous les médicaments, l'urine a une odeur d'hôpital qu'on rapporte à la maison.

Au téléphone, l'intervenante du centre d'aide psychologique me demande si j'ai déjà pris des opioïdes. Je réfléchis à haute voix. Au moment où je lui dis lentement les mots *Percocet*, *hydromorphone*, *morphine*, *fentanyl*, je cherche un autre lieu, un trajet vers l'extérieur. L'intervenante me parle d'un centre de désintoxication, mais c'est une erreur. Je raccroche.

Les flacons de pilules sont des bouées, de petits miroirs pour plonger de l'autre côté de la douleur. Je garde longtemps ce qu'on me prescrit. J'en accumule une quantité impressionnante. Un jour, j'ouvrirai l'armoire, je les jetterai au fond d'un sac sans regarder leur nom. D'un seul geste, je trahirai les douleurs à venir, toutes celles que je ne pourrai plus apaiser. Et je sortirai, je prendrai le sac avec moi, j'en viderai le contenu sur le comptoir de la pharmacie. Devant la femme en sarrau blanc, je ne dirai rien. J'attendrai qu'elle comprenne, qu'elle compte les bouteilles, qu'elle les fasse disparaître.

*

Quelque chose me protège, m'empêche de briser ma mâchoire contre le sol, de retourner dans le monde bruyant, de faire marche arrière. Je ne connais pas la cartographie du retour. Du lit jusqu'à la porte, de la porte jusqu'à la rue, de la rue jusqu'au quartier, du quartier jusqu'à la ville, de la ville jusqu'à la route, les angles et les détours du chemin vers l'extérieur me semblent indéchiffrables. Quelque chose me préserve du dehors. Quelque chose ou plutôt quelqu'un. C'est une voix, ce sont les voix qui ne répondent pas, qui ne s'arrêtent jamais. C'est là que je veux rester.

Au début, les gens appellent, s'inquiètent, proposent leur aide. Mais, bientôt, les opérations se multiplient. Les convalescences se répètent et les invitations s'espacent. Mes carnets ne contiennent plus d'événements et se vident. Je ne suis plus un personnage du film. Je n'existe plus sur scène. Je deviens quelqu'un qui habite ailleurs, qu'on évoque dans les conversations avec un peu de tristesse. Je suis l'amie qui est malade, la sœur qui s'est fait opérer. Je comprends peu à peu ce qui se produit. Je reste à l'intérieur. Je ne vais nulle part. J'habite dans l'arrière-plan de la vie des autres et j'ai l'impression de me défaire. L'immobilité ne va pas sans ruines, sans une certaine décomposition. Les indices émergent de façon progressive. Les pierres qui s'accumulent près du corps, les êtres blêmes à la peau de papier qui s'effondrent dans la salle d'attente de l'hôpital, les objets inutiles qui s'entassent dans l'appartement, les animaux qui pourrissent. Mes amies changent d'emploi et mon frère déménage sans que je le sache. La neige fond à nouveau. Était-ce encore l'hiver? À l'intérieur de mes tiroirs attendent les vêtements trop grands, promesses d'une vie moins maigre. L'existence ne pourra pas toujours être synonyme d'autant de lenteur, d'une plongée aussi profonde. Pour sortir d'ici, il faudra peut-être ouvrir la matière, éventrer les meubles, déchirer les murs de plâtre avec mes ongles.

Anne-F Jacques utilise du gyproc bleu poudre en guise de résonateur et dit que ça fait un bruit lourd et lointain, parce que le gypse est plutôt un isolant. Elle raconte qu'on peut entendre des vibrations. Les sons qui nous parviennent avec Anne-F Jacques semblent ainsi traverser une distance. Ce sont des craquements sismiques venus de loin. Les sons qu'elle compose, qu'elle recueille, parlent des espaces et des distances que je perçois. Elle a un inventaire de roches et je l'imagine travailler sur une trame sonore rugueuse où les objets font de l'électricité, où les matières se frôlent et se détruisent, où l'air se raréfie parce qu'il n'y a plus qu'une masse minérale creuse. Un personnage en scaphandre avance avec difficulté. En découvrant la démarche d'Anne-F Jacques, je découvre la trame sonore qui lie les voix entre elles.

Un soir, j'écoute un entretien avec Chan Marshall en faisant la vaisselle. Je n'entends pas vraiment le début de l'épisode, j'essuie les tasses, je suis distraite. Puis elle prononce le mot *lamentation* et tout à coup j'arrête et j'écoute. Je ne suis plus distraite, j'écoute attentivement chaque mot. Je recule l'épisode. Elle parle de tristesse, elle parle de moments très brefs pendant ses tournées de spectacles, elle parle d'interludes, de quelques accords seulement qu'elle joue entre les morceaux sur scène. Elle parle de sons qu'elle n'enregistre pas, d'instants volés qu'elle a insérés dans ses spectacles. Au moment où je dépose la tasse sèche dans l'armoire, les mots ouvrent un espace en moi, un espace immense, comme si je n'habitais plus mon appartement, comme si mon balcon arrière n'était plus un balcon. Je me retourne vers la fenêtre et mon balcon devient une cour vaste, avec une clôture. Je ne regarde plus derrière un appartement, mais derrière une maison. Tandis que Chan Marshall parle, les immeubles disparaissent eux aussi. La porte de la clôture grince et s'ouvre par intermittence vers une plaine, un désert, comme si j'habitais aux limites de la ville et que la ville était bordée d'une immensité vertigineuse. Je regarde par la fenêtre et je vois des dunes, du sable mauve et rouge et des pentes granuleuses qui refroidissent dans le soir tombant.

Chan Marshall dit que ce sont des chansons perdues, des chansons qui ne servent à rien sauf à porter sa tristesse, sauf à lester la musique de certaines émotions. Moi aussi, mon cerveau veut des sons précis comme des tissus épais, de la toile lourde autour de lui. J'essaie d'écraser les traces d'apitoiement dans ma voix, mais quand j'entends Chan Marshall, je lui suis reconnaissante de se plaindre, de glisser entre ses chansons des accords gémissants.

Je prends peu à peu conscience des changements après les opérations. Mon visage n'est plus le même. Mon nerf ne se rétablit pas totalement. Le prélèvement à ma hanche pour la greffe diminue ma mobilité. Je perds la facilité que j'avais à articuler. Parler me fait souffrir et je ne sens plus le bas de mon visage. Un ami me dit que c'est triste d'avoir seulement la moitié des baisers. Mais il se trompe. Il me semble que ce n'est pas le sujet de l'histoire.

Les livres ne s'écrivent pas avec des micros tendus au vent à la manière d'un enregistrement d'Ann Kroeber. C'est dommage, mais la littérature a du mal à capter les conversations, les silences, le cliquetis du réfrigérateur ou le son de la grêle sur le balcon. L'écriture a tendance à devenir son propre sujet, comme si l'extérieur ne faisait pas de bruit, comme si les mots se regardaient eux-mêmes sans raison. Je voudrais me détacher de l'enroulement des phrases. Pour entendre le temps qui passe et les jours qui se vident, il ne suffit pas de placer du blanc entre les blocs de mots, mais je n'ai pas trouvé d'autres moyens.

*

J'essaie de savoir où les gens posent leur corps d'heure en heure. C'est absurde et irréaliste d'imaginer chaque heure de l'existence des autres, mais la question a quelque chose d'intrigant. Comme je ne parviens plus à sortir de chez moi, peut-être que le mouvement qui anime les autres contient un secret pour remettre ma vie en branle. Pendant des semaines, des mois, des années, je suis dans ma chambre d'enfant chez ma mère, ou dans mon appartement, généralement allongée sur un lit. Il est facile de savoir où je pose mon corps d'heure en heure. Durant ces mêmes années, mes amies habitent des dizaines d'endroits différents. Il y en a une qui travaille dans une auberge sur une île l'été, elle fait des ménages. Il y a un traversier et des oiseaux. L'hiver, elle est serveuse dans un café ou employée au salon de l'auto, je ne suis plus certaine. C'est une artiste. Elle s'appelle Camille Lamy. Maintenant, je crois qu'elle fait un livre bleu. Pendant des semaines, des mois, des années, elle trempe du papier transparent dans le noir et dans la lumière, elle découpe et plie les pages fragiles qui s'enroulent sur elles-mêmes, qui sèchent et qui, peu à peu, transpirent un bleu magnifique. Il faut un temps infini à Camille pour donner à ce papier cette couleur d'eau profonde. Le craquement sonore des pages me rappelle les heures trop longues d'attente sur mon lit, le décompte des antidouleurs, l'attente entre les petites pilules. Camille m'invite sur son île entourée du fleuve gris, et je l'observe de loin. Je ne fais rien, je suis immobile, oui le comptable confirme, je n'ai pas d'impôts à payer, je ne fais pas d'argent et je ne prends que rarement le traversier vers l'île.

L'artiste Honor Eastly s'enregistre lorsqu'elle pleure la nuit. Elle capte sa voix, ses gémissements, ses larmes, ses pensées, elle retient les sons et les idées qui naissent durant les jours où elle pense mourir et elle les confie à un microphone qui les mange, qui les digère et qui les répète sans pudeur à un producteur radio. Lui, il opère une sélection, lui, il les traite pour leur potentiel narratif, il les monte en une série d'épisodes. J'écoute Honor Eastly qui pleure, je l'écoute avec admiration. C'est vrai que peu de gens se dévoilent et s'exposent comme elle le fait. Quand elle pleure dans son micro, c'est extraordinaire, j'ai l'impression d'assister à une forme de communication radicale et inédite. Elle pèle la structure sociale qui la protège, elle racle sa peau, elle nous laisse manger l'intérieur de ses pensées, de son quotidien, elle renonce à toute forme de sublimation.

Mais quand le son s'arrête, quand j'appuie sur pause, je me demande ce qu'elle fait ensuite. Je veux dire après, une fois qu'elle a pleuré dans son microphone, une fois que les morceaux de son existence sont avalés, et disséqués, et diffusés à la radio. Il faut un nouvel endroit où poser sa voix et son corps, quand tout ça est fini. Que peut-on espérer d'une artiste qui a commencé à manger son intérieur, sinon ce qu'on a déjà obtenu d'elle, sinon qu'elle s'exhibe encore, expose encore l'horreur de ses pensées suicidaires? Que peut-elle faire une fois que les limites entre la vie intérieure et le monde social ont été traversées, sinon continuer à se livrer, à se dilapider, à se lamenter devant nous, pour nous? Honor Eastly doit continuer, n'est-ce pas? Elle doit continuer à enregistrer plus de cris, plus de plaintes nées du fond de son lit, plus de larmes, plus de sang qui coule, plus de risques d'overdose de médicaments, plus de soubresauts nés de cauchemars. Que peut-elle faire sinon aller encore plus loin?

Soudainement, l'écho de la voix d'Honor Eastly qui pleure ne me rassure plus. Sa voix ressemble à des sables mouvants. Je ne veux plus savoir où elle pose son corps d'heure en heure. La voix d'Honor Eastly m'apparaît enfin telle qu'elle est : une voix parmi les autres, englouties et oubliées, un récit édifiant, une fable qui me met en garde contre quelque chose. Mais contre quoi précisément?

Roxane Gay dit à Phœbe Robinson que les femmes sont placées dans l'obligation constante de cannibaliser leur propre histoire. Parler de soi invite les autres à confier leurs problèmes et, sans qu'on le remarque, c'est un cycle à reprendre, une roue où il faut accueillir les peines, les deuils, les récits de dents cassées et de scènes violentes pour soulager les autres. Pour celle qui s'exprime, parler de soi comporte le risque de se rapprocher des autres femmes, de leur voix constamment représentée comme geignarde, de cette voix qui oscillerait sans cesse entre le cri, les larmes, la peine et la rage. Car sur la voix des femmes plane un soupçon. Que leur discours soit désordonné, sans contrôle, plaintif. Qu'il s'agisse d'une lamentation plutôt que de l'expression des faits, de vérités. Je pense de nouveau à Sontag, qui ne voulait pas se contenter de parler de sa propre expérience. Peut-être qu'elle avait raison, peut-être que c'est un piège de parler de soi. Et pourtant, je me sens tout près de la voix plaintive et minérale des femmes malades. Même chez celles qui n'ont rien laissé entendre de leur douleur, je devine le secret d'une peine que l'ordre du discours n'a pas su accueillir, n'a pas su relayer.

*

Quelqu'un me voit à l'université avec une canne. Je suis maigre, mais il est trop tard pour me cacher. Je sens que, si je reste dans la littérature, il faut que je trouve une façon de sortir des métaphores de la maladie. Je ne crois plus au pouvoir des livres, mais la littérature, c'est tout ce que je sais dire ou faire, alors je retourne en classe, j'essaie de rédiger ma thèse, j'essaie de me concentrer sur mon doctorat. Je parle de non-fiction, j'insiste sur la négation, j'écris sur un refus. Écrire contre. Contre les métaphores.

Le responsable des bourses d'études m'annonce qu'ils ne peuvent pas changer les dates limites pour les gens comme moi, qu'ils ne peuvent pas faire d'exception à cause de mes opérations. Les milliers de dollars que je perds portent ironiquement le nom de Bourse de persévérance scolaire. Je ne réagis pas pour éviter de pleurer devant l'agent administratif à l'université. Je passe aussi sagement à la bibliothèque pour payer mes frais de retard avant de me rendre à mon premier séminaire de la session. À la fin du cours, la professeure m'interpelle. Elle veut un billet du médecin pour prouver que je ne fais pas semblant de parler avec difficulté.

Je reconnais avec angoisse le fauteuil jaune défraîchi. Les mêmes affiches de spectacles et de films. Les mêmes couleurs vives, les mêmes mots sur la révolution, sur la liberté, sur la jeunesse. À droite, des panneaux d'insonorisation gondolent les murs de la petite pièce. Les radios étudiantes se ressemblent et sont toutes situées au bout d'un dédale de corridors.

Sur le campus après les opérations, j'ai les mains moites, le cœur qui bat. Par la fenêtre de la porte de la station de radio étudiante, j'aperçois autour d'une table un musicien, un sportif, un journaliste et un technicien qui rient entre eux. Je rebrousse chemin, je ne sais pas à quoi je pensais en revenant ici, je ne parle pas encore normalement.

Pendant que l'infirmière tire sur ma peau en coupant les points de suture, que ses petits ciseaux cherchent les fils de plastique entre mes plis de cou enflés, ma mère reste blême sur la chaise à côté. Elle n'aurait pas dû rentrer dans la salle. *Ça va aller*, répète l'infirmière, *il en reste cinq*. Il n'y a pas de fenêtre, pas de ciel dans la pièce, alors je me concentre sur les carrés au plafond. Ce sont ceux qu'on peut soulever dans les films pour s'échapper par la ventilation. L'infirmière et la réceptionniste m'aident à préparer un document pour expliquer la situation aux professeurs et aux agents administratifs de l'université.

*

Un soir de printemps, je m'assois par terre dans une salle de spectacle circulaire plongée dans le noir. Mykalle Bielinski chante et projette des images autour de nous. Son projet s'appelle *Gloria*. Je pense à la gloire. Je ne pleure pas de tristesse, je pleure parce qu'ici, par la grâce du chant, des heures gémissantes me sont accordées. La voix de Mykalle Bielinski vibre autour de mon cou recousu. Le son atteint le souvenir de plaies meurtries et me rappelle que la peine est un lieu familier. Dans les projections, je retrouve les images d'un désert, de collines rougeoyantes et de pierres que je connais bien.

La voix de Mykalle Bielinski possède les contours géologiques d'une vie ancienne et d'un horizon brûlé. Je discerne une plainte qui s'étouffait entre mes côtes. C'est le son d'une lamentation insupportable, d'une consolation possible dans la distance. Sa voix n'est ni jalouse ni possessive. La gloire est peut-être celle d'un temps hors de portée. La haine, la peine et la beauté se dévisagent calmement. Je suis par terre, j'écoute, je remarque la peur qui s'éloigne un peu, celle des autres et la mienne. À la fin de la représentation, je ne suis pas certaine de vouloir m'en aller. Je voudrais placer ma peau dans les membranes des amplificateurs et des haut-parleurs qui diffusaient le spectacle.

*

J'entreprends l'écriture pendant un sursis. En fait, je ne sais pas exactement quand je commence à écrire sur la tumeur. Comment écrire quand tout est épuisant, comment enregistrer les événements au moment où ils semblent nous enlever toute possibilité de compréhension, comment parler de ce qui nous empêche de parler?

Un mot à la fois, dit Anne Boyer, *un mot à la fois.*

Un mot à la fois.

Certains jours, je n'y arrive pas. Anne Boyer dit qu'il faut se venger. Anne Boyer détaille l'origine de la colère. *Tout allait bien avant la maladie. Tout allait bien et soudainement cette peur nous assaille. Cette peur de tout perdre, de perdre cette vie pleine, cette vie dense, cette vie d'aventures et d'amour que l'on désire par-dessus tout.* Elle parle de la rage ressentie, du besoin de vengeance. Du sentiment de colère qu'elle éprouve, *jusqu'à vouloir tuer quelqu'un.* Et puis elle ajoute qu'il faut quand même écrire. Qu'il faut prendre quelques notes, un peu au moins, avant de s'effondrer. Je l'écoute.

Écrire la peine et l'épuisement et l'amour et la rage, attraper deux ou trois mots avant de tomber sur le carrelage de la salle de bain. Et si c'était possible de trouver la force chaque jour et de noter des phrases qui disent exactement ce qui se passe. Et si c'était possible de donner une forme à ce brouillard pierreux, à ce sentiment d'être à la limite de ses forces, d'être abandonnée, laissée derrière par le temps, par la vie.

Alors, j'écris. J'écris un peu chaque jour et vite sans regarder les lignes qui naissent derrière le crayon. Je me dépêche de réunir les morceaux de papier qui traînent, les carnets, les photographies. C'est frénétique pour éviter que ça ne s'écrase encore par terre. Je rassemble mes notes avant que les rendez-vous ne reprennent. Je fais semblant que je comprends mieux les choses. Je dis à une amie, *j'ai l'impression de mieux comprendre les choses.* Je dis *c'est plus simple maintenant, parce que les rendez-vous à l'hôpital s'espacent.* Un soir, ça revient. Le goût du sang que je crache. Je ne dis pas tout de suite qu'il y a de l'infection. J'essaie de gagner du temps. J'essaie de repousser les heures pendant que j'écris. Je transcris des dizaines de moments de radio sur mon ordinateur. Par la fenêtre, quelqu'un de l'autre côté de la rue peut voir ma silhouette penchée sur la table en bois, mon corps qui n'appelle pas à l'hôpital et qui tremble en travaillant. En m'épiant de plus près, on entend peut-être un grésillement ininterrompu, des fréquences, des paroles intermittentes. En se penchant au-dessus de mon épaule, un espion verrait mes mains au-dessus du clavier créer un répertoire de documents sur le bureau de l'ordinateur. À côté du dossier *Chirurgies* apparaît un *Jardin radio.*

Au sol, des petits papiers qui parlent de la tumeur sont étalés. Des carnets s'ouvrent et leur dos craque, ils révèlent les souvenirs avec difficulté comme des crânes qu'on voudrait faire parler. Ils ne sont pas passionnants. Parfois, il est écrit la date et la quantité de morphine. Parfois, il est écrit l'heure et le niveau d'engourdissement. Ce ne sont pas des poèmes sur la douleur.

C'est peut-être en écoutant les astronautes à la radio à l'occasion du cinquantième anniversaire de la mission Apollo 11. Mais c'est peut-être aussi une phrase d'Umberto Eco sur les fictions dans lesquelles on alunit quand on ouvre un livre. Le mot alunissage s'impose à moi après les opérations, après les convalescences, après la douleur. Pas avant. La première fois que je lis *alunissage,* je reconnais les montagnes poudreuses hallucinées, le lieu étrange, je vois la métaphore se dessiner et, tout de suite, j'essaie d'interrompre l'image. Je repousse ce qui donnerait des teintes magnifiques à la désolation, à la peine, à la douleur. J'essaie de refuser la fiction. Malgré moi, le mot reste. L'image de la lune s'installe dans mon esprit et m'accompagne de façon têtue. Elle désigne un monde parallèle, peu invitant, gigantesque et grandiose, intimidant, affreux, brûlant et poussiéreux. Je vois parfois cette désolation magnifique au détour de la ville. Elle se matérialise derrière l'arrêt d'autobus, derrière les visages, sous l'asphalte, en filigrane des décors les plus ordinaires.

Un matin, j'achète une enregistreuse. Je commence à lui parler. Je murmure des voyelles et des consonnes à répétition dans son ventre de plastique. J'entends les défauts de ma voix qui trébuche, qui reste coincée dans le mouvement brisé du métal et de mes os défaits.

Je parle d'un projet littéraire sur l'effet de la maladie d'une façon qui laisserait croire que ce serait simple. Le carnet où je dépose les mots se remplit à mon grand désarroi du bruissement de métaphores usées, d'un bruissement d'ailes qui entoure les phrases comme des empattements de fantaisie. Je ferme le carnet pour chasser ce langage de poèmes qui veut se délester du réel, qui s'éprend de lui-même, qui refuse de dire ce qui est lent, ce qui est laid, ce qui meuble les années. Je ferme le carnet pour me débarrasser du langage qui tourne sur lui-même, qui s'abîme contre des marques phosphorescentes et florales, alors que la matière est terne, alors que la matière se dessèche dans ce lieu peu propice à la création d'un jardin. Je repousse les métaphores florales, les souches et les plantes. Pourtant, quelque chose a pris forme.

Je ferme, j'ouvre, je reprends l'écriture, j'essaie de composer une liste avec une matière concrète, avec des faits tangibles. Je fabrique un journal avec des morceaux de corps, je tiens des restes nécrosés entre mes doigts, comme si je pouvais cueillir de la vraie chair morte, comme si je tranchais moi-même la chair de mon cou pour la soulever, comme si je découpais moi-même une partie de moi pour l'étudier. Les pages du carnet se succèdent en dégageant des couleurs rances de chair mauve sous la lumière du mois d'août qui s'efface peu à peu. Quand je redépose l'objet de papier, il fend comme la roche friable d'une falaise. Quelqu'un me parle du livre, on connaît son existence, c'est une chaîne qui me tend un rappel, c'est une séquence qui ramène aux pages. Je reprends, je respire, allongée, je parle toute seule, ce serait un projet littéraire sur ce qui se passe en marge du monde public, à côté du monde bruyant, ce n'est rien contre le monde public, ce n'est rien contre personne, mais c'est à propos d'autre chose. Pendant un moment, je laisse tomber le carnet, je parviens presque à l'oublier, je renonce et je pense simplement au soulagement ressenti quand on est hors d'atteinte, au plaisir de disparaître quand on est hors d'atteinte.

Non, ce n'est pas tout à fait l'histoire d'une tumeur, parce que la maladie ne fait rien pour personne. Elle n'invente rien. La maladie ne raconte rien par elle-même. C'est moi qui dois faire tout le travail pour retrouver la paperasse, les informations, le temps passé, la douleur et les jours oubliés. Quel jour, quelle heure, quel médicament. Il faut péniblement parcourir les mois et les années, abandonner le cours des choses actuelles, mes factures et mon café froid. Retrouver ce sentiment larvé, la densité d'un souvenir entre les murs. C'est moi qui dois revenir en arrière pour retracer la tumeur. Il faut la replacer sur la ligne du temps. Il faut la remettre sur pied, identifier ses lois, son poids, sa force d'inertie. Traverser la durée qui me sépare du premier coup de téléphone. L'espoir qu'elle se décompose dans une poubelle biochimique et qu'elle ne revienne pas dans l'os s'observe dans mes gestes nerveux tandis que je la charge de sens, que je la retrouve dans des souvenirs labiles, au fond d'une boîte de carton encombrante.

*

Après des mois d'hésitation, je deviens membre d'un centre en art audio. Ma prononciation est encore imparfaite, mais le dessin de ma voix dans les logiciels de montage me procure une joie familière. Je peux voir ma salive, mes bruits de bouche, ce qui coince et à quels endroits, dans quelles phrases. Chaque mercredi soir, je vais au centre d'artistes. J'apprends que le son est le produit d'une oscillation mécanique. L'air vibre, une molécule reçoit une impulsion, rencontre d'autres molécules qu'elle pousse. Dans l'air se propagent une succession de compressions et de dépressions qui forment un mouvement ondulatoire mécanique. J'observe patiemment la représentation des ondulations de ma voix sur l'ordinateur. À partir de là, je peux aussi voir les lignes de sons apparaître dans ma tête quand les gens parlent.

Il n'y a pas de point final avec la maladie, parce que le corps est faillible. La surface de cratères s'impose dans mon esprit et me rappelle qu'il existe d'autres mondes à l'heure où l'on se parle. Je le vois aujourd'hui quand je passe des scans, quand j'attends une nouvelle opération, quand une vieille femme marche difficilement dans la rue. Chaque jour, quelqu'un pose son pied dans une zone de cratères poudreuse en espérant pouvoir revenir.

La poète Daphné B. vient chez moi me donner son livre pour l'émission de radio. Elle transporte une piñata verte en forme de grenouille. En ondes, je remarque sa voix pierreuse. Elle dit qu'elle travaille les images en poésie comme elle use de couleurs en se maquillant. Je repense aux tutoriels et à mes tentatives de mettre du rouge à lèvres. *Il y a quelque chose dans le maquillage qui est une attention à soi, à son propre corps. Avant de pointer notre regard sur les autres, le maquillage, c'est prendre conscience de son propre corps, de sa propre mortalité.* Je la regarde s'éloigner par la fenêtre pendant que les post-it grimpent sur le mur rose de la chambre. Je dois répondre au téléphone pour confirmer le suivi à l'hôpital. Je chasse sans succès la poussière qui s'accumule sur ma peau et mes notes. Une lame de fond aspire le temps. Ça vient de loin. Je dois confirmer le rendez-vous à l'hôpital.

Devant les notes qui tentent d'envahir le mur, je me demande quel était l'objectif. Il est difficile de formuler une réponse claire. C'est une immensité soudaine, un vertige. Les événements remontent à la surface à l'état de souvenirs, transformés. Déjà les jours tracent d'autres sillons, donnent au désordre l'allure du passé. Je répète que je n'ai pas de pratique collectionneuse. Je veux jeter les bouts de papier et mettre de l'ordre dans la pièce, mais les mots se nattent aux parois du bureau, résistent de façon verticale.

Daphné m'écrit. Elle me demande de lui envoyer un extrait de ma voix, elle voudrait entendre une chronique sur ses textes à la radio. En quelques clics, je trouve l'archive, je reconnais ma voix, j'isole l'extrait sonore, j'écoute. Je respire. Encore, j'écoute ma voix. Encore, j'entends ma voix. Puis j'ouvre la porte, j'enlève la robe de chambre. Une douleur au visage ralentit ma cadence, mais je n'arrête pas. Une sensation toute nouvelle parcourt ma nuque, encercle mon cou. C'est une solidité inédite. La couture qui traverse ma gorge ne cédera pas. La certitude me soutient. Partout dans la chambre, les voix pressées par mon agitation s'écartent, me libèrent, elles chuchotent plus faiblement et laissent paraître un chemin. Partout dans la chambre, elles reculent. En une expiration, je rassemble ce qu'il faut, mes chaussures, mon sac à dos, les clés. J'attache mes lacets, je calcule d'avance le trajet pour sortir. La distance entre la porte et l'extérieur est aussi profonde que celle qui me sépare des montagnes au loin. Chaque seconde qui s'ajoute à partir de là me garde en vie, me tient debout, m'emmène un peu dehors. Je jette un œil vers la chambre et, d'un mouvement sec, je fais tomber les notes collées au mur rose. Avant de sortir, je les ramasse pêle-mêle, je les range à côté de la cassette des reptiles dans la vieille boîte de carton. Je les place tout près de ma voix.

CE LIVRE CONTIENT des références aux voix et aux œuvres suivantes : Susan Sontag (*Les après-midi de France Culture,* 1978), Ann Kroeber (*Cinematic Winds,* 2017), Martín Rodríguez (*La Ofrenda,* 2019), Fanny Britt (*Plus on est de fous plus on lit,* 2017 et 2020), Anaïs Barbeau-Lavalette, André Turpin et Maxime D. Pomerleau (*Prends-moi,* 2014), Chantal Dumas (*86 400 Seconds – Time Zones,* 2015), « L'homme au magnétophone » (*L'atelier de création radiophonique de France Culture,* 1972), Amanda Dawn Christie (*Ghosts in the Air Glow,* 2020), Terese Marie Mailhot (*Between the Covers,* 2018), Sufjan Stevens (*Carrie & Lowell,* 2015), Kaitlin Prest (*Audio Smut* et *Tape,* 2015), Catherine Mavrikakis (*Par les temps qui courent,* 2020), Laure Adler (*Jusqu'au bout des voix,* 2011), Audre Lorde (*The Cancer Journals,* 1980), Anne-F Jacques (*Roches rencontrées,* 2018), Chan Marshall (*Song Exploder,* 2018), Camille Lamy (*Espionner la montagne,* 2020), Mykalle Bielinski (*Gloria,* 2015), Anne Boyer (*Commonplace,* 2019), Maggie Nelson (*Between the Covers,* 2019), Anne Hébert (*Le tombeau de rois,* 1953), Delphine de Vigan (*Plus on est de fous plus on lit,* 2017), Honor Eastly (*No Feeling Is Final,* 2018), Roxane Gay et Phoebe Robinson (*Sooo Many White Guys,* 2016), Daphné B. (*Choses sérieuses* et *Maquillée,* 2020).

REMERCIEMENTS

Merci à Noémi Schaub, qui a été la toute première personne à lire ce texte. Merci à Kiev Renaud, qui a su me donner de l'élan pour le travailler. Merci à David Bélanger, qui a prêté au texte un œil généreux. Merci à Catherine Parent d'avoir confirmé la rencontre possible entre nos expériences distinctes. Merci à Lucille Ryckebusch, dont l'intelligence et la sensibilité ont grandement nourri le projet.

Enfin, un merci spécial à Camille Lamy pour ce dialogue entamé il y a plus de dix ans. Ce livre ne serait pas le même sans la constance précieuse de notre amitié.

Née en 1990 à Montréal, CHARLOTTE BIRON est titulaire d'un doctorat en études littéraires décerné conjointement par l'Université Laval et l'Université Montpellier 3. Elle est l'autrice de *Mavis Gallant et Gabrielle Roy, journalistes.* Elle fait de la radio et de la création sonore depuis une dizaine d'années. Elle est chargée de cours en littérature et chercheuse postdoctorale à l'Université de Montréal.

LE QUARTANIER ÉDITEUR

Collection «Série QR» – *fiction, poésie, essai*

ARCHIBALD, Samuel, *Saint-André-de-l'Épouvante*
ARSENAULT, Mathieu, *La vie littéraire*
ARSENAULT, Mathieu, *Le guide des bars et pubs de Saguenay*
ARSENAULT, Mathieu, *La morte*
BÉDARD, Laurie, *Ronde de nuit*
BÉDARD, Laurie, *Les univers parallèles*
BÉLAIR CLÉMENT, Sophie, *Tandis que la fleur d'une hydrangée posée sur le sous-main en cuir résiste à la décoloration*
BERGERON, Mathieu, *La suite informe*
BIRON, Charlotte, *Jardin radio*
BLAIS, M. K., *Tabloïd*
BLAIS, M. K., *Ornithologie*
BOILY, Mathieu, *Cœur tomate*
BOILY, Mathieu, *Jieux*
BOILY, Mathieu, *À l'eau froide les ombres*
BORDELEAU, Érik, *Foucault anonymat*
BORDELEAU, Érik, *Comment sauver le commun du communisme?*
BOUCHARD, Hervé, *Mailloux*
BOUCHARD, Hervé, *Parents et amis sont invités à y assister*
BOUCHARD, Hervé, *Numéro six*
BOUCHARD, Hervé, *Le faux pas de l'actrice dans sa traîne*
BOUCHARD, Hervé, *Le père Sauvage*
BOUDREAULT, Dany, *Corps célestes*
BREA, Antoine, *Méduses*
BREA, Antoine, *Roman Dormant*
BREA, Antoine, *Récit d'un avocat*
BREA, Antoine, *L'instruction*
BREA, Antoine, *L'Enfer de Dante mis en vulgaire parlure*

BRISEBOIS, Patrick, *Trépanés*
BRISEBOIS, Patrick, *Chant pour enfants morts*
BRISEBOIS, Patrick, *Le modèle de Nice*
CHABOT, J. P., *Le livre de bois*
CHABOT, J. P., *Le chemin d'en haut*
CHARRON, Philippe, *Supporters tuilés*
CHARRON, Philippe, *Journée des dupes*
CHARRON, Philippe, *Superballe*
CLICHE, Anne Élaine, *Jonas de mémoire*
CLICHE, Anne Élaine, *La pisseuse*
CLICHE, Anne Élaine, *Tu ne te feras pas d'image*
CLICHE, Anne Élaine, *La sainte famille*
CLICHE, Anne Élaine, *Le danseur de La Macaza*
COMTOIS, Marie-Ève, *La consolatrice des affligés*
COPPENS, Carle, *À qui se méfier*
CORBEIL, Guillaume, *Trois princesses*
CORBEIL, Guillaume, *Le meilleur des mondes*
COURTOIS, Grégoire, *Révolution*
COURTOIS, Grégoire, *Suréquipée*
COURTOIS, Grégoire, *Les lois du ciel*
DAVIES, Kevin, *Comp.*
(trad. de l'anglais par Xandaire Sélène)
DE GAULEJAC, Clément, *Le livre noir de l'art conceptuel*
DE GAULEJAC, Clément, *Grande École*
DE GAULEJAC, Clément, *Les artistes*
DE KERVILER, Julien, *Les perspectives changent à chaque pas*
DESMARAIS, Nelly, *Marche à voix basse*
DESMEULES, Anne-Marie, *Nature morte au couteau*
DESMEULES, Anne-Marie, *Envies*
DIMANCHE, Thierry, *Cercles de feu*
DIONNE, Charles, *La main invisible*
DIONNE, Charles, *Navettes*

DUFEU, Antoine, *AGO, autoportrait séquencé de Tony Chicane*
FARAH, Alain, *Quelque chose se détache du port*
FARAH, Alain, *Matamore nº 29*
FARAH, Alain, *Pourquoi Bologne*
FARAH, Alain, *Mille secrets mille dangers*
FLEURY, Sara-Ànanda, *Western spaghetti*
FRICKE, Lucy, *Les occasions manquées*
(trad. de l'allemand par Isabelle Liber)
FRITZ, Marianne, *Le poids des choses*
(trad. de l'allemand par Stéphanie Lux)
FROST, Corey, *Tout ce que je sais en cinq minutes*
(trad. de l'anglais par Christophe Bernard)
GAGNÉ, Louis, *Une mouche en novembre*
GAGNON, Renée, *Des fois que je tombe*
GAGNON, Renée, *Steve McQueen (mon amoureux)*
GAGNON, Renée, *Emparée*
GENDREAU, Vickie, *Testament*
GENDREAU, Vickie, *Drama Queens*
GENDREAU, Vickie, *Shit fuck cunt*
GIGUÈRE, Nicholas, *Freak Out in a Moonage Daydream*
GIRARD, Rodolphe, *Marie Calumet*
HUYGHEBAERT, Céline, *Le drap blanc*
LAFLEUR, Annie, *Rosebud*
LAFLEUR, Annie, *Bec-de-lièvre*
LAFLEUR, Annie, *Ciguë*
LALONDE, Catherine, *La dévoration des fées*
LALONDE, Catherine, *Cassandre*
LALONDE, Catherine, *Corps étranger*
LAMBERT, Vincent, *Mirabilia*
LAPERRIÈRE, Charles-Philippe, *Barbare amour*
LAPERRIÈRE, Charles-Philippe, *Gens du milieu*
LEBLANC, David, *Mon nom est Personne*

LEDUC, Simon, *L'évasion d'Arthur ou La commune d'Hochelaga*
MACKAY, Xavière, *Pont Rhodia*
MACKAY, Xavière, *Contrées*
MALLA, Pasha, *Nos grands-pères les fantômes* (trad. de l'anglais par Christophe Bernard)
MORIN, Alexie, *Chien de fusil*
MORIN, Alexie, *Ouvrir son cœur*
MORIN, Alexie, *Scénarios catastrophes*
NATHANAËL, *Carnet de désaccords*
NATHANAËL, *Carnet de délibérations*
NATHANAËL, *Carnet de somme*
NATHANAËL, *N'existe*
NATHANAËL, *Underground*
NATHANAËL, *Le cri du chrysanthème*
NICHOL, bp, *Trois contes de l'Ouest,* précédé de *Tête de plage* (trad. de l'anglais par Christophe Bernard)
NICOL, Patrick, *La nageuse au milieu du lac*
NICOL, Patrick, *Vox populi*
NICOL, Patrick, *Les manifestations*
NICOL, Patrick, *J'étais juste à côté*
OUELLET TREMBLAY, Laurance, *La vie virée vraie*
PHANEUF, Marc-Antoine K., *Cavalcade en cyclorama*
PLAMONDON, Éric, *Hongrie-Hollywood Express*
PLAMONDON, Éric, *Mayonnaise*
PLAMONDON, Éric, *Pomme S*
PLAMONDON, Éric, *1984*
PLAMONDON, Éric, *Donnacona*
PLAMONDON, Éric, *Aller aux fraises*
POULIN, Patrick, *Morts de Low Bat*
RÉGNIEZ, Emmanuel, *L'ABC du gothique*
RIOUX, François, *Soleils suspendus*
RIOUX, François, *Poissons volants*

RIOUX, François, *L'empire familier*
ROBERT, Jocelyn, *In Memoriam Joseph Grand*
ROCHERY, Samuel, *Tubes apostilles*
ROCHERY, Samuel, *Mattel*
ROCHERY, Samuel, *Label Ventriloquie*
ROCHERY, Samuel, *Tubes et Odes*
ROCHERY, Samuel, et SAVAGE, Steve, *Lutterie électrique : sur une certaine façon de se conduire en poésie*
ROUSSEL, Maggie, *Les occidentales*
ROUSSEL, Maggie, *À l'œil nu*
ROY, Patrick, *Pompéi*
RYCKEBUSCH, Lucille, *Le sang des pierres*
SAVAGE, Steve, *2 × 2*
SAVAGE, Steve, *mEat*
SAVAGE, Steve, *Nathalie*
SAVAGE, Steve, *Mina Pam Dick*
SAVAGE, Steve, *DDA — Ducasse, Dostoïevski, Artaud*
SCHÜRCH, Franz, *Ce qui s'embrasse est confus*
SCHÜRCH, Franz, *De très loin*
SCHÜRCH, Franz, *Comédie*
SOLEYMANLOU, Mani, *Neuf (titre provisoire)*
TRAHAN, Michaël, *Nœud coulant*
TRAHAN, Michaël, *La raison des fleurs*
TRAHAN, Michaël, *Vie nouvelle*
TRUDEAU BEAUNOYER, Karianne, *Je suis l'ennemie*
TURGEON, David, *Les bases secrètes*
TURGEON, David, *La revanche de l'écrivaine fantôme*
TURGEON, David, *Le continent de plastique*
TURGEON, David, *Simone au travail*
TURGEON, David, *À propos du style de Genette*
TURGEON, David, *L'inexistence*
TURGEON, David, *La raison vient à Carolus*

VAILLANCOURT, Jean-François, *Esprit de corps*
WREN, Jacob, *Le génie des autres*
(trad. de l'anglais par Christophe Bernard)
WREN, Jacob, *La famille se crée en copulant*
(trad. de l'anglais par Christophe Bernard)

LE QUARTANIER ÉDITEUR
Collection « Polygraphe » – *roman & nouvelles*

ARCHIBALD, Samuel, *Arvida*
BAEZ, Isabelle, *Maté*
BERNARD, Christophe, *La bête creuse*
CLERMONT, Stéfanie, *Le jeu de la musique*
COPPENS, Carle, *Baldam l'improbable*
LARUE, Stéphane, *Le plongeur*
LEBLANC, Perrine, *L'homme blanc*
MESSIER, William S., *Le basketball et ses fondamentaux*
PETTERSEN, Geneviève, *La déesse des mouches à feu*
PLAMONDON, Éric, *Taqawan*
ROY, Patrick, *La ballade de Nicolas Jones*
ROY, Patrick, *L'homme qui a vu l'ours*

LE QUARTANIER ÉDITEUR

Collection « Parallèle » – *science-fiction, noir, horreur*

01 Grégoire Courtois, *Les agents*

02 Tristan Saule, *Mathilde ne dit rien*
(*Chroniques de la place carrée* – 1)

03 Tristan Saule, *Héroïne*
(*Chroniques de la place carrée* – 2)

Notice typographique

JARDIN *RADIO* est composé en Freight Text Book, un caractère dessiné par Joshua Darden et publié par Garage Fonts en 2005. Comme son nom l'indique (*freight* pouvant selon le contexte signifier *cargaison* ou *train de marchandises*) Freight Text est un caractère de labeur, destiné à la composition de textes longs. Il tire son inspiration de la tradition hollandaise, en particulier de l'œuvre typographique de Nicholas Kis (1650–1702) et de Johann Fleischmann (1707–1768). Le Quartanier a fait de Freight Text le caractère principal de la collection « Série QR » de 2010 à 2018 et continue de l'employer régulièrement. ¶ JOSHUA DARDEN, né en 1979 à Los Angeles, a commencé à créer des polices de caractères à l'âge de quinze ans. En 2000, à vingt et un ans, il rejoint l'équipe de la fonderie new-yorkaise Hoefler. Quatre ans plus tard, il met sur pied Darden Studio, sa propre fonderie, à la suite d'un long combat juridique pour la propriété intellectuelle de Freight, qu'il a créé alors qu'il était encore employé de Hoefler – il a eu gain de cause. Joshua Darden est considéré comme le premier designer de caractères afro-américain à faire carrière aux États-Unis.

Achevé d'imprimer en juin 2022
dans les ateliers de Normandie Roto Impression S.A.S.
61250 Lonrai (Orne)
Numéro d'impression : 2202849
Dépôt légal : juillet 2022

—

Imprimé en France